›Volk und Welt Spektrum‹ 266
Roman

Erih Koš

Die Akte Hrabak

Verlag Volk und Welt
Berlin

Aus dem Serbokroatischen von Edith Netzband

ISBN 3-353-00812-8

1. Auflage

Originalausgabe: *Dosije Hrabak*, erschienen bei
Prosveta, Beograd 1971

Einbandentwurf: Lothar Reher
Lichtsatz: Interdruck Leipzig GmbH
Druck und Einband:
Leipziger Verlags- und Druckereigesellschaft mbH
Printed in Germany

1

Im Verlauf der Rekonstruktion des bedeutsamen und für die meisten Beteiligten verhängnisvollen Ereignisses, von dem in diesem Bericht die Rede ist, konnten nicht alle Einzelheiten genau festgestellt und nicht alle Umstände bis ins kleinste untersucht werden. Trotz aller Bemühungen, zur völligen oder wenigstens relativen sogenannten richterlichen Wahrheit vorzudringen, blieben einige Momente umständehalber ungeklärt. Sie mußten aufgrund dessen, was aufgedeckt wurde oder von früher her bekannt war, später ergänzt werden. So wie ein Restaurator oder Konservator bei beschädigten Kunstgegenständen und ausgegrabenen Altertümern vorgeht, wurde alles, was mit diesem Fall zusammenhing, aufmerksam und geduldig gesammelt und zu einem Ganzen zusammengefügt. Man glaubte, daß besonders für diejenigen, die den Fall mit Abstand betrachteten, diese Bruchstücke zu einem Bild verschmelzen würden, auf dem die Nahtstellen verblassen und alle freien weißen Stellen verschwinden.

Bei den meisten Ereignissen, selbst bei den wichtigsten historischen, kennen wir für gewöhnlich das Ende und den Ausgang, während wir über ihren Beginn und ihren Anlaß oft nur Vermutungen anstellen können. Bei der Affäre, um die es geht, verhält sich jedoch alles umgekehrt. Ihr Ende ist buchstäblich vom Staub und Rauch plötzlicher explosiver und unvorhergesehener Geschehnisse verhüllt, der Anfang dagegen, zumindest dem Anschein nach, unauffällig und klar: Am Freitag, dem dreizehnten September, zwischen achteinhalb und neun Uhr, stand der Monteur, Installateur und gewissermaßen der Hausmeister des Gebäudes der Generaldirektion für allgemeine Angelegenheiten Svetislav Hrabak in seiner blauen, mit Kohle und Ruß beschmierten Kluft, in der er gewöhnlich im Hause herumlief, vor dem Arbeitszimmer des Generaldirektors. In der Hand hielt er wie einen Stafettenstab einen großen Franzosen. Die Sekretärin des Direktors brühte sich gerade Kaffee. »Schön, daß Sie kommen!« empfing sie ihn. »Der Genosse Generaldirektor hat den Schreibtischschlüssel verloren oder verlegt und kann das Schubfach nicht öffnen. Könnten Sie ihm das mal in Ordnung bringen?«

»Ist der Genosse Direktor hier?«

»Nein! Sie können ohne weiteres hineingehen, bevor Sie fertig sind, kommt er nicht zurück.«

Auf die Sekretärin wirkte der Meister nachdenklich, besorgt und erregt, jedenfalls weniger freundlich und gefällig als üblich. Sie bot ihm Kaffee an. »Ja bitte, den schlag ich nicht ab«, erwiderte er, rückte an der Wand über sich ein schiefhängendes Betriebsfoto gerade und setzte sich so verschmutzt und rußig, wie er war, in einen Sessel.

Offenbar hatte er es nicht eilig. Den Kaffee trank er schlürfend, so daß die ungeduldige Sekretärin ihr Angebot schon bereute. Später, als man sie fragte, konnte sie sich nicht mehr besinnen, worüber sie gesprochen hatten. Auf jeden Fall nur über ein paar unwichtige außerdienstliche, persönliche Dinge. Etwa: »Wie geht's?«, »Haben Sie viel zu tun?«, »Wie steht's mit Ihrer Wohnung, Meister?«, »Was macht Ihre Familie?« und noch manches über irgendwelche Mitarbeiter, allerdings nur über untergeordnete Leute von Hrabaks Niveau. Danach gingen sie nach nebenan, ins Zimmer des Generaldirektors.

Der Meister holte mit der Geschicklichkeit eines Zauberers das Handwerkszeug aus den tiefen Taschen seines Arbeitsanzuges, als brächte er Kaninchen und Tauben hervor. Vorsichtig und geduldig wie ein Uhrmacher bastelte er an dem Schloß herum. Die Sekretärin behauptete später, daß sie immer neben ihm gestanden hätte, obwohl sie wußte, daß der Direktor in diesem Teil des Schreibtisches nur unbedeutende, persönliche

Dinge verwahrte, die der Mensch eben braucht, wenn das Büro sein zweites Zuhause ist. Sie konnte sich nicht erinnern, ob sie in der Zeit angerufen wurde oder ob sie nicht doch, vielleicht nur für einen Augenblick, in ihr Zimmer gegangen sei, da sie jemanden erwartete. Von zwei Angestellten des Aufklärungsdienstes befragt, war sie sehr schockiert und verwirrt, und es war kaum zu erwarten, daß sie in der Lage sein würde, sich an alle Worte und Einzelheiten des Gesprächs mit einem so unwichtigen und belanglosen Menschen wie Hrabak zu erinnern. Mehr instinktiv als aus einem echten Bedürfnis heraus rechtfertigte sie sich mit der Behauptung, sie habe das Zimmer auch nicht für einen Augenblick verlassen. Auch wenn sie jemand angerufen habe, hätte sie vom Zimmer des Direktors aus telefonieren können, und sie hätte sich auch von dort gemeldet, wenn ein Besucher zu ihr gekommen wäre. Gegen halb zehn etwa habe sich Hrabak schließlich mit dem Seufzer: »Der Genosse Direktor kommt nicht!« erhoben und zu gehen bequemt, so daß sie sich wieder ihrer Arbeit zuwenden konnte.

Der Pförtner der Generaldirektion (der vom Haupteingang) behauptete ebenfalls, daß der Meister an jenem Tag eine Zeitlang im Büro des Direktors verweilt hätte. Er selbst habe ihn dort allerdings nicht gesehen, da er an seinen Arbeitsplatz gebunden sei, aber das hätte ihm die Sekretärin des Generaldirektors gesagt, als er ihn telefonisch bei ihr suchte. Hrabak selbst habe das auch zugegeben, nachdem er ihn schließlich gefunden und mit den Handwerkern verbunden habe, die an diesem Freitag, dem dreizehnten, mit der Rekonstruktion des Gebäudes begannen, vor allem an den Fundamenten und in den Kellerräumen. Er, der Pförtner, erinnere sich, Hrabak habe ihn bei dieser Gelegenheit gebeten, ihm sofort Bescheid zu geben, sobald der Generaldirektor käme, weil er ihm etwas Dringendes mitteilen müsse. Er, der Pförtner, habe dies aber vergessen beziehungsweise absichtlich unterlassen, weil er das, was der Monteur Hrabak ausgerechnet dem Generaldirektor für allgemeine Angelegenheiten, dem Genossen Stojan Plećaš, persönlich sagen wollte, für völlig unwichtig hielt.

Drei Tage später, am sechzehnten September, erschien Hrabak erneut im Büro des Direktors, auch diesmal unangemeldet, ungerufen und unvermutet. Noch an der Tür fragte er, ob der Direktor mit seiner Arbeit zufrieden wäre und ob er etwas benötige. »Alles in bester Ordnung!« versicherte ihm die Sekretärin und tippte weiter, ohne ihn anzusehen. Der Hausmeister ließ sich jedoch nicht abweisen. »Ist der Generaldirektor drin?« fragte er sie, und als sie bejahte, wollte er noch wissen, ob jemand bei ihm sei. Sie verneinte, wies aber darauf hin, daß der Direktor mit der Durchsicht der Unterlagen für die morgige Sitzung beschäftigt sei, worauf der Meister »Schade!« seufzte und zögernd und unentschlossen die Tür hinter sich schloß. Aber schon am Mittwoch, fast zur gleichen Zeit, war er wieder zur Stelle und forderte laut und deutlich, ihn beim Generaldirektor anzumelden.

Sie sah ihn an, als hätte er eine große Sünde begangen. »Was fällt Ihnen ein, Meister! Nicht einmal die persönlichen Referenten sind bei ihm gewesen, die Abteilungsleiter warten schon zwei Tage auf ihn, von den Referenten und anderen angemeldeten Personen gar nicht zu reden. Weswegen müssen Sie denn zu ihm! Wegen der Wohnung? Wegen Ihres Lohns oder der Einstufung?« Hrabak erklärte, daß es überhaupt nicht um ihn gehe, sondern um wichtige dienstliche Dinge, worauf sie ihm riet, sich erst bei dem Referenten zu melden, der für die Instandhaltung des Gebäudes zuständig sei, oder vielleicht auch beim Abteilungsleiter für allgemeine Verwaltung persönlich, wenn der Fall wirklich so wichtig und dringend sei. Hrabak zögerte auch nach dieser Antwort noch eine Weile, trat von einem Fuß auf den anderen, was die Sekretärin veranlaßte, ihn, schon etwas nervös, darauf hinzuweisen, daß der Genosse Generaldirektor genug andere, wichtigere und verantwortlichere Aufgaben habe und nicht verpflichtet sei, sich auch noch mit den Problemen der Beleuchtung, Wasserleitung, Heizung und Kanalisation zu befassen. »Was denken Sie, Genosse Hrabak, bei Gott! Wenn das der Abteilungsleiter nicht lösen kann, wird er schon wissen, an wen er sich um Hilfe wendet! Den Generaldirektor wird er damit bestimmt auch nicht belästigen.«

Das genügte. An der Tür drehte sich Hrabak noch einmal um. »In Ordnung! Nachher darf es nur nicht heißen, daß ich Ihnen nichts gesagt habe und nicht zu Ihnen gekommen bin und Sie rechtzeitig gewarnt habe!«

Die Sekretärin wandte sich wieder ihrer Maschine zu. Entweder hatte sie gar nicht gehört, daß er noch etwas sagte, oder seine Worte drangen nicht mehr bis in ihr Bewußtsein.

Die Untersuchung bestätigte später, daß sich Hrabak wirklich noch am selben Tag beim persönlichen Referenten des Generaldirektors und danach auch im Büro des Leiters der allgemeinen Verwaltung gemeldet hatte. Dort hatte man ihn, ohne ihn anzuhören, an den Referenten für Materialfragen verwiesen, doch diesen hatte er weder damals noch später aufgesucht. Tags darauf gelang es ihm allerdings, den Generaldirektor in dem Augenblick abzupassen, als der das Gebäude betrat. Er holte ihn vor der Aufzugstür ein und half ihm, sie zu öffnen. »Sie klemmt, und oben, eine Treppe höher, öffnet sie sich auch schwer«, sagte er und betrat mit ihm zusammen den Aufzug, doch zwischen ihn und den Generaldirektor stellte sich dessen stämmiger Begleiter, die Nase hochgereckt, als störe ihn Hrabak oder als verbreite er einen üblen Geruch. Erst als sie die Etage erreicht hatten und er dem Generaldirektor Auge in Auge gegenüberstand, wagte er zu fragen: »Genosse Direktor, könnte ich mit Ihnen sprechen? Ganz kurz, nur ein paar Worte.«

»Ja, können Sie, Meister. Melden Sie sich, wenn ich frei bin!« sagte der Generaldirektor, eilte den Gang entlang und verschwand in seinem Büro.

Der Meister berief sich auf dieses Versprechen und begab sich danach noch einige Male zum Direktor. »Was repariert der hier eigentlich dauernd?« fragte der Generaldirektor die Sekretärin, als er ihn wieder einmal in ihrem Zimmer antraf und im Vorbeigehen fast mit ihm zusammenstieß. Im Büro hielt sich zu dieser Zeit außer dem persönlichen Referenten auch noch der Kaderleiter auf, und die Sekretärin, die sich hilflos nach ihm umsah, erklärte, daß sie schon wiederholt versucht habe, den Meister abzuweisen und zur Vernunft zu bringen, doch der belästige sie immer wieder mit der halsstarrigen Erklärung, er habe dem Generaldirektor persönlich etwas sehr Wichtiges mitzuteilen, und er berufe sich auf dessen Versprechen, daß er ihn sprechen könne, sobald er frei sei. Generaldirektor Plećaš konnte sich nicht daran erinnern, und weder die Sekretärin noch der Abteilungsleiter waren imstande, ihm zu erklären, was der Meister von ihm wolle. »Gut!« schloß er. »Wir haben jetzt dringendere und wichtigere Probleme, aber prüfen Sie einmal, wer dieser Mann ist, bringen Sie in Erfahrung, was er will, und informieren Sie mich gegebenenfalls darüber. Ich muß ja wohl nicht mit all den Hunderten von Angestellten persönlich sprechen, wann immer es ihnen einfällt und wann immer sie es wünschen!«

Das war ein Vorwurf, der auch an die Adresse der beiden höheren Direktionsangestellten gerichtet war. Als sie das Büro verließen, trafen sie den Monteur im Vorzimmer nicht mehr an. Auf der Treppe sagte der erste persönliche Referent zum Abteilungsleiter: »Schau dir doch bitte mal die Kaderakte dieses Meisters an und stelle fest, was er will, damit wir uns den Kerl endlich vom Halse schaffen können.«

2

Es erwies sich jedoch, daß eine solche Akte nicht vorhanden war. Sosehr man sie auch suchte, man konnte sie nirgends finden, nicht einmal die Nummer, unter der Hrabak geführt wurde, als Beweis dessen, daß sie wenigstens früher einmal existiert hatte. Die beiden Referenten der Kaderabteilung vermochten das nicht zu erklären: Man kenne den Mann gut, begegne ihm seit Jahren in der Direktion, allen im Haus sei er als »Meister Sveta« bekannt, und die Kasse zahle ihm an jedem Ersten auf den Namen Svetislav Hrabak, des hochqualifizierten Handwerkers der Generaldirektion für allgemeine Angelegenheiten, den Lohn gemäß der siebzehnten Lohngruppe aus. Das geschehe, wie festgestellt worden sei, aufgrund des »übernommenen Zustandes« beziehungsweise seit der Zeit, da die Generaldirektion vor zehn Jahren in dieses Gebäude übergesiedelt war und die für seine Instandhaltung zuständigen Angestellten von ihren Vorgängern übernommen hatte. Wahrscheinlich gab es noch irgendwelche Angaben über ihn im Archiv des ehemaligen Ministeriums für allgemeinen Handel, das die Generaldirektion übernommen hatte, doch dieses Archiv wurde seinerzeit vernichtet und mit ihm wahrscheinlich auch die Kaderakte, sofern sie damals dort vorhanden war, denn in den aufbewahrten Protokollen gab es darüber keinen Beleg.

»Schön!« sagte der Abteilungsleiter. »Als ob der Mann eine Nadel ist, die spurlos verschwinden kann. Alle Aschenbecher und Spucknäpfe haben wir inventarisiert, jedes Jahr zählen wir sie, machen eine neue Aufstellung, und hier lebt sozusagen vor unserer Nase ein Mensch, der weder eingeordnet noch sonst irgendwie erfaßt ist. Wir würden schön dumm aus der Wäsche gucken, wenn das herauskäme, und das dürfte wohl der Fall sein, zumal sich sogar der Generaldirektor persönlich für ihn interessiert. Wir wollen mal sehen, was unsere Nachbarn über ihn wissen, die in diesen Dingen besser unterrichtet sind.« Er drückte den Knopf des Sonderapparats, und als sich der Leiter der Abteilung Sicherheit meldete, bat er ihn zu sich.

Was sie erörterten, wurde nicht festgehalten, aber man kann sich vorstellen, was der Gegenstand ihres Gespräches war, denn der Chef der Sicherheitsabteilung verlangte, sobald er in sein Büro zurückgekehrt war, ihm die Kaderakte von Svetislav Hrabak zu bringen. »Meister Sveta?« wunderten sich seine Untergebenen und machten sich achselzuckend an die Suche. Sie hielten sich damit länger auf, als sie angenommen hatten und als die Geduld des Chefs es zuließ. Zweimal ermahnte er sie zur Eile. Sie erwiderten: »Ja, gleich haben wir's!« Dann: »Sie ist irgendwo verlegt worden, wir können sie nicht finden.« Schließlich: »Was wollen Sie damit, Chef? Wir kennen Meister Sveta gut, im Haus ist er schon so lange, wie es steht.« Und so weiter. Staubbedeckt mußten sie schließlich bekennen, daß die Akte nicht vorhanden war. Entweder hatte sie niemals existiert, oder irgend jemand hatte sie sich irgendwann ausgeliehen und nicht zurückgegeben. Vielleicht hatte man sie aber auch versteckt oder gar gestohlen.

Der Chef der Sicherheitsabteilung war ein hitziger, nervöser Mensch, er brauste auf und schlug auf den Tisch. »Wie ist es möglich, daß es über diesen Meister keinerlei, auch nicht die notdürftigsten Angaben gibt, wo wir doch jede Person, die das Haus betritt, überprüfen, sogar diejenigen, die in dienstlichen Angelegenheiten kommen und von denen wir wissen, wer und was sie sind. Und jetzt ist es also so weit, daß nirgends ein Wörtchen über den Mann steht, der schon länger als alle anderen im Hause ist, hier sozusagen Tag und Nacht zubringt und dem als Monteur, Installateur und Schlosser alle Abteilungen, alle Anlagen und Installationen, Schränke, Fächer, Archive, Karteien, Dokumentationen, Berichte und Pläne zugänglich sind. Alles, was er will und braucht, kann er nachts an sich nehmen, durchblättern und mitnehmen, und wer weiß, was er schon angerichtet und welchen Schaden er der Direktion verursacht hat. Vielleicht hat er unter anderem auch seine Kaderakte und besondere, streng vertrauliche Archivmaterialien entfernt. Es ist doch unfaßbar, daß das Verschwinden der Akte nicht früher bemerkt worden ist. Die Leute aus der Kaderabteilung sind ja als verstaubte Schmeißfliegen, die den ganzen Tag vor sich hindösen, bekannt (hier gebrauchte der Chef noch einen derberen und unanständigeren Ausdruck). Die eigenen Archive schauen sie sich nur zweimal jährlich an – bei einer Beförderung, einer Auszeichnung oder einer Pensionierung, aber die politischen Kaderakten sind lebendige Materie, sie dürfen nicht in den Schränken schmoren, sondern müssen gewartet, gehütet und ständig ergänzt werden. Die Politik ist ein unruhiges, unbeständiges und trübes Wasser, das seine Strömung und seinen Stand ändert und in dem wer weiß was für Fische schwimmen und in das von allen Seiten her Angeln und Köder geworfen werden. Wir achten darauf, worüber in den Büros gesprochen wird, öffnen und lesen sogar die persönliche Post, hören die Äußerungen und Meinungen der Angestellten ab und halten sie fest – wo bleibt das alles im Fall Hrabak? Da fragt sich doch jeder, wie es mit den Akten anderer, viel unwichtigerer Angestellter bestellt ist. Man darf sich nicht damit rechtfertigen, Hrabak sei ja nur eine kleine Schraube im Getriebe des Staates und der Gesellschaft, denn es ist allgemein bekannt, daß gerade solche Schrauben, wenn sie erst einmal zwischen die Zahnräder geraten, die ganze Maschinerie zum Stillstand bringen und verderben können, und ich brauche hier nicht all die Fälle anzuführen, die das beweisen und die als Beispiele sogar in den unteren Kursen des Abwehrdienstes gelehrt werden. Konnte dieser sogenannte ›kleine Mann‹ nicht in allen Räumen Abhörgeräte installieren, auch in dem, wo wir uns jetzt unterhalten? Konnte er nicht eine Bombe unters Haus legen und uns alle in die Luft jagen? Oder die körperliche Integrität des Generaldirektors bedrohen sowie irgendeinen der höheren Staatsfunktionäre und Vertreter von gesellschaftlichen Organisationen, die uns aufsuchen?«

Gegen solche Gründe und Einwände verteidigten sich die Angestellten der Abteilung wie diejenigen, denen sie selbst unter anderen Umständen Unvorsichtigkeit und mangelnde Wachsamkeit vorwarfen. Sie meinten, man dürfe nicht übertreiben, und waren der Ansicht, die Kaderabteilung habe bewußt Panik gestiftet, um die Arbeit auf andere abzuwälzen und sich der Verantwortung für die eigene Schluderei zu entziehen. Was gäbe es an diesem Onkel Sveta, den alle als ruhigen, ehrlichen Arbeiter, als bescheidenen, zurückhaltenden Menschen und bewußten Angestellten kennen, eigentlich auszusetzen? Sei jemals etwas vorgefallen in all den Jahren, die er im Hause war? Wäre er voll von bösen Absichten, so hätte er mit ihrer Verwirklichung nicht volle zwanzig Jahre gewartet, doch bisher sei das Haus nicht in die Luft geflogen, und noch niemand sei darin umgebracht worden. Hätte es irgendwelche feindlichen Aktivitäten gegeben, dann wären sie im Verlauf so vieler Jahre sicherlich bemerkt worden. Zugegeben, es sei eine Nachlässigkeit, daß er nirgends erfaßt wurde und daß man keine Daten über ihn gesammelt habe, doch da der Fall so eindeutig sei, könne das Versäumte jederzeit schnell nachgeholt werden.

»Hoffentlich. Im übrigen werden wir sehen«, sagte der Chef besänftigt, und als er mit seinem Referenten allein war, erörterte er noch eine Zeitlang die Arbeit der Sicherheitsabteilung im Hause, ihr Verhältnis zur Kaderabteilung sowie einige notwendige organisatorische Veränderungen, die im Zusammenhang mit diesem Fall so bald wie möglich vorgenommen werden mußten. Dann diktierte er der herbeigerufenen Stenotypistin direkt in die Maschine:

»Svetislav Hrabak, Monteur und Installateur der Generaldirektion für allgemeine Angelegenheiten, wurde in letzter Zeit wiederholt in der Nähe des Büros des Generaldirektors gesehen. Ungerufen betritt er das Zimmer der Sekretärin, scheinbar um seine Dienste anzubieten und die Installationen zu überprüfen. Dabei erkundigt er sich, wann der Direktor eintreffen werde, wo er sich aufhalte, ob es viel Arbeit gäbe, ob er eine Konferenz einberufen habe und sogar, wie er gelaunt sei. Einmal ist es ihm schon gelungen, den Direktor persönlich anzusprechen, doch durch das Einschreiten eines Kollegen unserer Abteilung gelang es, ihn auf Distanz zu halten. In diesem Fall und bei anderen, ähnlichen Gelegenheiten erklärte besagter Hrabak, er selbst habe keinerlei Forderungen, er habe dem Genossen Generaldirektor nur etwas sehr Wichtiges und sehr Dringendes mitzuteilen.

Über den Inhalt dieser Mitteilung äußerte er sich niemals, und dieser Umstand veranlaßte den Direktor, die Kaderabteilung zu beauftragen, genau zu prüfen, wer dieser Mann sei und was er eigentlich von ihm wolle. Da sich herausstellte, daß die Kaderabteilung keine Angaben über ihn machen kann und sie in absehbarer Zeit auch nicht zu beschaffen in der Lage ist, geht der Fall mit dem heutigen Tage in die Kompetenz unserer Abteilung über.

Hiermit werden die entsprechenden Referenten der Sicherheitsabteilung beauftragt, in kürzester Frist Daten zu ermitteln sowie durch Überwachung der dienstlichen Tätigkeit Hrabaks und seines Privatlebens das öffentliche Interesse, die Sicherheit des Betriebes und der exponierten Vertreter des öffentlichen Lebens zu garantieren.

Belgrad, der soundsovielte, Leiter der Abteilung ... und so weiter.

3

Auf der Sitzung, die noch am selben Tag stattfand, erteilte der Chef dringlichste Instruktionen und entsprechende Anordnungen, wobei er sich auf die ihm vorliegenden Aufzeichnungen stützte, die von den Referenten zusammengetragen worden waren:

1. Sofort eine Akte über den hochqualifizierten Handwerker der Direktion Svetislav Hrabak anlegen.

2. Einen entsprechenden Personalbogen mit Lichtbild, Fingerabdrücken und den wichtigsten persönlichen Daten.

3. Die gesammelten Angaben noch am selben Tag in die Akte und den Personalbogen eintragen und den Abteilungsleiter über die erledigte Arbeit bis auf weitere Verfügung persönlich informieren.

4. Die Aufgabe muß als äußerst dringlich und streng vertraulich betrachtet werden. Zur Beschleunigung der Untersuchung sind gemäß Anweisung des Leiters alle verfügbaren technischen Mittel zu nutzen und alle erforderlichen Mitarbeiter der Abteilung, der Generaldirektion und nach Bedarf auch Leute des Außendienstes für Sicherheit sowie ähnlicher und verwandter Dienststellen einzusetzen.

Als Hauptgegenstand des Interesses sind zu betrachten:

a) Persönliche biographische Angaben (wann und wo geboren, nationale und soziale Herkunft Hrabaks und seiner nächsten Angehörigen, Familienstand und, sofern er verheiratet ist, soziale und nationale Herkunft seiner Frau und ihrer Familie).

b) Politische, gesellschaftliche und religiöse Anschauung Hrabaks, seiner Familie und aller Personen, zu denen er nähere Beziehungen unterhält.

c) Haltung und Aktivitäten während des Krieges (Hat er daran teilgenommen? Wenn ja, auf welcher Seite?).

d) Hat er Verwandte im Ausland, ist er ins Ausland gereist, wohin (Ost oder West), unterhält er Beziehungen zu Ausländern und besonders zu Vertretern ausländischer Dienste?

e) Persönliches Leben: Hat er irgendwelche Laster, trinkt er, spielt er, hat er Verhältnisse mit Frauen?

f) Vermögensverhältnisse (Einkommen und Wohnverhältnisse).

g) Gesellschaftliche und politische Tätigkeit (Ist er aktives Mitglied politischer, gesellschaftlicher oder sportlicher Organisationen? Für welchen Klub schwärmt er?).

h) Unterhält er Beziehungen zu hochgestellten, führenden Persönlichkeiten unserer Gesellschaft? Welche Meinung hat er von ihnen und unserer Ordnung?

Für die erfolgreiche Erledigung der Aufgabe werden ausreichende finanzielle Mittel bereitgestellt. Das Geld kann binnen einer Stunde bei der Sonderkasse in Beträgen bis zu höchstens zehntausend alten Dinar gegen einfache Quittung und ohne vorherige Genehmigung der zuständigen Vorgesetzten abgehoben werden; größere Summen nur mit deren Unterschrift. Die entsprechenden technischen Mittel können an üblicher Stelle und laut Dienstvorschrift in Anspruch genommen werden. Der Chef leitet die Ermittlung persönlich und erteilt aufgrund der erzielten Ergebnisse neue Instruktionen. Und nun – an die Arbeit!

Die Sitzung verlief in einer streng dienstlichen, fast militärischen Atmosphäre. Fragen wurden nicht gestellt, es wurde auch nicht diskutiert, und im Grunde begann die eigentliche Besprechung erst, als die Angestellten das Zimmer des Chefs verlassen hatten. Im Gang trafen sie Sveta Hrabak. Er erschien plötzlich hinter einer Ecke, und es sah ganz so aus, als spioniere er ihnen nach. Sie konnten sich nicht so schnell fassen und ihn grüßen wie früher. Er ging in seinem blauen Arbeitsanzug vorbei und wirkte einsamer, ernster und größer, jedenfalls anders als früher. Sie blieben stehen und drehten sich nach ihm um.

4

Die ersten Angaben, die noch im Laufe desselben Tages den Chef erreichten, lieferten eine große Überraschung und verwirrrten die Untersuchung von Beginn an. Sie wurde komplizierter, aber auch spannender und regte das Interesse aller an, die sich mit ihr befaßten – sie fühlten sich wie Jäger, die nach langer vergeblicher Suche endlich auf erste Spuren des Wildes stoßen. Der Chef der Sicherheit eilte mit dem Bogen Papier ins Büro des ihm unterstellten Leiters der Kaderabteilung.

Auf dem Blatt Papier stand: Svjatoslav (Svetislav, Sveta) Hrabak, geboren 1906, Hradec Králové, Tschechoslowakei.

Sie sahen sich schweigend an. Besagter Meister hieß also gar nicht »Sveta«, wie man ihn in der Direktion gewöhnlich anredete, er gab sich hier als ein anderer aus und lebte seit Jahren unter falschem Namen. Geboren worden war er außerdem im Ausland, und das hieß, daß er fremder Herkunft war, was er ebenfalls verschwiegen hatte.

»So!« sagte der Kaderchef nach einer Pause. »Bei jedem Angestellten überprüfen wir die Herkunft, und die Kaderabteilung entfernt sofort diejenigen aus der Direktion, bei denen irgendwelche Beziehungen zum Ausland festgestellt werden. Jetzt stellt sich jedoch heraus, daß wir seit Jahren an der vertraulichsten Stelle des Hauses einen fremden, nicht überprüften Mann haben, dazu noch einen hochqualifizierten Fachmann, der darauf spezialisiert ist, Schubfächer, Kassen, Türen und Schlösser zu öffnen. Ich verstehe einfach nicht, wie uns ein so großer Fehler unterlaufen konnte, vor allem Ihrer Abteilung Sicherheit, die doch dazu berufen ist, sich gerade mit solchen Fällen zu befassen und uns vor solchen Menschen zu bewahren. Daraus sollten gewisse Lehren gezogen werden! Ich glaube, es wäre am besten, ihn auf der Stelle zu entlassen oder in einer anderen Funktion außerhalb der Direktion einzusetzen und ihm auf alle

Fälle das Betreten der Direktion zu verwehren, um uns keinem Risiko auszusetzen.«

Der Chef der Sicherheit meinte jedoch, daß man anders vorgehen müßte. Eine solche Maßnahme würde Hrabak vorzeitig warnen und ihm zeigen, daß man ihm mißtraue oder ihn sogar überwache, wodurch die weitere Untersuchung nur erschwert oder auch behindert werden würde. Wenn der Meister hier jahrelang freie Hand hatte, so könne man ihm das ohne größeren Schaden auch noch zwei, drei Wochen länger gewähren. Viel wichtiger sei es, exakt festzustellen, wer er wirklich sei und – falls er tatsächlich in irgendwessen Diensten stehe – ihn möglichst auf frischer Tat zu ertappen und all seine Verbindungen aufzudecken, die nach außen und diejenigen, die er vielleicht hier in der Direktion geknüpft habe. Deshalb sei es seines Erachtens angebracht, Hrabak gerade jetzt, wenigstens dem Schein nach, volles Vertrauen und größere Aufmerksamkeit zu schenken. Für solche Maßnahmen wie Entlassung, Versetzung, Festnahme und Bestrafung gäbe es danach noch Zeit genug. In dieser Hinsicht halte er es für viel besser, Hrabak in den nächsten Tagen zu befördern und ihm einen höheren Lohn zu zahlen, was weder ungewöhnlich noch auffällig sei, zumal er, wie die Überprüfung der Gehaltslisten ergeben habe, bisher zurückgesetzt worden sei, besonders im Vergleich zu anderen Angestellten in seiner Stellung. Genau das habe er der Kaderabteilung vorschlagen wollen – deshalb sei er hergekommen. Hrabak werde sich somit sicher fühlen, und der Abteilung Sicherheit werde die Arbeit erleichtert, die gut voranschreitet und schon die ersten Ergebnisse zeitigt. Eben erst hätten ihm seine Leute gesagt, es gäbe da noch viel wichtigere und interessantere Nachrichten, die sie ihm jedoch nicht telefonisch mitteilen könnten. Sobald er sie erhalten und geordnet habe, werde er sofort auch die Kaderabteilung davon in Kenntnis setzen.

Man einigte sich, und der Chef der Sicherheit kehrte zufrieden in sein Büro zurück. Was er erreicht hatte, war allerdings nur ein kleiner Sieg, ein Sieg für den Anfang, an zwei Fronten errungen. Erstens im Fall Hrabak, der sich sogleich als bedeutsam erwiesen hatte und der sozusagen genügend Anlaß bot, sich mit ihm zu befassen, und zweitens gegenüber der Kaderabteilung, die sich, in die Defensive gedrängt, gezwungen sah, sich seinen Gründen und Plänen zu fügen. Durch ihre Einwilligung, jemanden zu befördern, gegen den eine Ermittlung lief, war sie selber in die Falle gegangen, ihre Hände waren gebunden, und so war es ihr von vornherein unmöglich, den Fall Hrabak gegen ihn auszunutzen und die Arbeit der Abteilung Sicherheit zu kritisieren.

Im Büro erwarteten ihn schon zwei seiner Mitarbeiter mit Nachrichten. In Mänteln, den Hut in der Hand, taten sie sehr wichtig und ernst, als hätte es sie viel Mühe gekostet, zu ihm zu kommen. Der Chef wußte dagegen, daß der eine im Zentralen Einwohnermeldeamt das abgeschrieben hatte, was schon auf Hrabaks Personalbogen stand, und daß der andere gerade in der Wohnung des Meisters gewesen war.

Auf dem Tisch des Chefs lag schon der Deckel der gerade erst angelegten Akte Hrabak. In dicken schwarzen Buchstaben stand darauf die Chiffre SH. Unter dieser Chiffre wurde der Fall von nun an geführt. Auf einem Formular waren die ersten Daten vermerkt, und in der oberen linken Ecke klebte Hrabaks Foto aus jüngeren Jahren, mit spitzer Nase, hervortretendem Adamsapfel und kurzgeschnittenem Haar, auf die Schnelle von dem Bild im Einwohnermeldeamt »abfotografiert«. Darunter, an einer besonders abgegrenzten Stelle, klebten seine Fingerabdrücke, als hätte er gerade mit seiner großen, rußigen Monteurshand das weiße Papier berührt.

Aus den Angaben ging hervor:

Svjatoslav (Svetislav, Sveta) Hrabak, geboren am 15. Mai 1906 in Königgrätz (heute Hradec Králové), Österreich-Ungarn (jetzt ČSSR), Sohn des Maximilian František Hrabak und der Štefania, geborene Štrobl. Er beendete vier Klassen an der Grundschule und besuchte zwei Jahre die Fortbildungsschule, die sogenannte Lehrlingsschule, an verschiedenen Orten, wo seine Familie abwechselnd lebte: in Olomouc, Maribor, Zagreb, Rijeka und schließlich in Osijek. Er erlernte das Installateurhandwerk in dem Unternehmen »Avala« in Belgrad im Jahre 1926. Den Meisterbrief Nr. 345/34 erhielt er 1932, ebenfalls in Belgrad, von der damaligen Stadtverwaltung, und zwar aufgrund der vor der Kommission der Handwerkskammer sehr gut bestandenen Prüfung, während ihm der Beruf eines hochqualifizierten Meisters des Monteur- und Installateurhandwerks am 7. Februar 1936 laut Beschluß der Belgrader Handwerkskammer Nr. 862/40 zuerkannt wurde. Danach war der Installateur auch Hausmeister bei der »Handelskammer Jugoslawiens«, Straße Knez Miloš 8, wo er zu dieser Zeit auch wohnte. Seit dem 1. Mai 1941 hat er seinen Wohnsitz in der Požeška-Straße 32, Hof, zweite Tür links.

Er ist verheiratet. Das erstemal (1930) ehelichte er eine gewisse Mirella (Mira) Gladich (oder Gladić), über die bis jetzt nähere Angaben fehlen, das zweitemal (1950) heiratete er Eržebet (Eržika) Hrabak, geborene Molnar, die wesentlich jünger ist als er (1928), eine ehemalige Reinigungskraft, jetzt Hausfrau in der Požeška-Straße 32.

Kinder aus erster Ehe: Ivan, geboren 1934, Maschinenschlosser bei »Mikron« in Belgrad, verheiratet, zwei Kinder, wohnhaft in Zemun, Fruškogora-Chaussee 18; Alexander (Aca), geboren 1936 in Belgrad, Fußballer beim Klub »Roter Stern«, linker Flügelstürmer, wohnhaft Terazije 24/II. Aus zweiter Ehe mit Eržika Molnar: Ivana, geboren in Belgrad 1950, lebt noch bei den Eltern.

Andere nähere Verwandte hat er, wie bisher festgestellt wurde, in Belgrad nicht.

Die Angaben des zweiten Angestellten hatten in der Rubrik des Formulars keinen Platz gefunden; sie waren mit der Maschine abgeschrieben und an den Personalbogen angeklebt worden:

Svetislav Hrabak, Klempner der Generaldirektion für allgemeine Angelegenheiten, wohnhaft Požeška-

Straße 32, Stadtbezirk Savski Venac. An der Straße steht ein einstöckiges grünes Haus mit zwei breiten Fenstern an der Vorderfront und zwei schmaleren an der Seite, die mit sauberen weißen Gardinen verhängt sind. Darin wohnt der Hausbesitzer, ein gewisser Aca Dimić, Handwerksmeister im Ruhestand, ebenfalls Klempner, verheiratet, kinderlos. Der Hof ist teilweise mit Ziegelsteinen gepflastert, der übrige Teil ist Garten mit Nuß-, Aprikosen- und Pflaumenbäumen und Blumen sowie einer Holztür mit gewöhnlichem verrostetem Schloß, die nachts nicht abgeschlossen wird. Hrabaks Wohnung befindet sich in dem baufälligen, niedrigen alten Hofgebäude, das wahrscheinlich früher als Vorratsraum oder Gesindehaus diente, neben der Wasserleitung und dem Abort. Sie besteht aus Zimmer und Küche, in die man direkt vom Hof aus gelangt. Die Tür ist zur Hälfte verglast, das Fenster liegt einen Meter über dem Erdboden. Rechterhand, im selben Gebäude, liegt das Zimmer der alleinstehenden Milena Oklobdžija, Köchin im Restaurant »Jäger« an der Bahnstation. Sie ist unverheiratet und kinderlos. Im Hof gibt es ferner einen größeren Bretterschuppen, den Dimić und Hrabak gemeinsam als Vorratsraum und Werkstatt benutzen. Links vom Eingang steht eine Hundehütte, der Hund liegt tagsüber an der Kette und wird nachts im Hof freigelassen (ein Wolfshund, nicht reinrassig, wahrscheinlich bissig). An Hrabaks Haus grenzt ein Taubenschlag, mit dem sich der Meister in seiner Freizeit befaßt. Der Holzzaun ist morsch und gibt vermutlich einem stärkeren Druck mit der Hand nach. Die Nachbarhäuser mit der Nummer 30 und 34 sind ebenfalls einstöckig, haben Garten und Hofbewohner, und die Angaben über diese werden bei Bedarf zusätzlich ermittelt.

Der Besitzer von Haus und Hof, der pensionierte Handwerker Dimić, ist ein schweigsamer und mürrischer Mensch. Beim Besuch wurde er vor der Werkstatt in blauen Arbeitshosen, blauweiß gestreiftem Hemd und schmutziger Baskenmütze angetroffen. Rußbeschmiert, arbeitete er an einem Schweißapparat. Er ist von mittlerem Wuchs, beleibt und untersetzt, hat angegrautes Haar und einen gestutzten weißen Bart. Seine Frau war nicht zu sehen, sie ist angeblich gichtkrank und bettlägerig.

Die Untermieterin Milena Oklobdžija verbringt den größten Teil des Tages auf ihrer Arbeitsstelle, sie kommt erst am späten Abend nach Hause und geht am frühen Morgen fort, auch sonntags. Nach unseren Ermittlungen ist sie ungefähr vierzig Jahre alt und stämmig, sozusagen ein Mannweib. Sie stammt aus Lika, ist unverheiratet und offenbar kinderlos.

Eržika Hrabak, die Frau Svetislav Hrabaks, etwa fünfunddreißig Jahre alt, gesund, jünger aussehend, ist mitteilsam und lebhaft. Den ganzen Tag über hört sie Radio und hält bei schönem Wetter auch die Küchentür offen. Sie kauft an der Ecke Požeška- und Mostar-Straße ein, in der Kaufhalle »Vračar«. Die Tochter Ivana war ebenfalls nicht anwesend. Die nächstgelegene Gaststätte ist das Lokal »Mostar«. Hrabak kehrt hier sonnabendnachmittags und sonntagvormittags ein.

5

An den beiden folgenden Tagen trafen keine weiteren Angaben ein. Wahrscheinlich wurden sie heimlich gesammelt und überprüft, denn bald darauf, am neunzehnten September, folgte in der Akte weiteres umfangreiches Material. Außerdem hatten sich in einem besonderen Hefter unter der Bezeichnung »Tagebuch« schon einige kurze Notizen angesammelt, aus denen hervorging, daß Hrabak überwacht wurde. Mit all den zusammengetragenen Dokumenten, Aussagen, Zeugnissen und Fotografien bildeten diese Tagesberichte den größeren Teil der Akte Hrabak, die am Ende einige tausend Seiten umfaßte, wie man aus der Bezifferung der erhalten gebliebenen Seiten schließen kann.

Unter den Dokumenten, die in jenen ersten Tagen gesammelt wurden, erscheint die Fotokopie des Hrabakschen Taufscheins, ausgestellt vom Pfarrer in Hradec Králové, am meisten der Beachtung wert. Er ist zweisprachig abgefaßt, in der Amtssprache Deutsch und der Landessprache Tschechisch, und in verschnörkelter Schönschrift ausgestellt. In der oberen rechten Ecke kleben schwarzgelbe Gebührenmarken mit dem Siegel der österreichisch-ungarischen Monarchie, und unten, neben der Unterschrift des Pfarrers, stehen noch die Namen der Zeugen, deren Unterschriften unleserlich sind. Die Tinte ist verblichen, und das Dokument, oft gefaltet, wird in der Mitte von einem Streifen durchsichtigen Klebpapiers zusammengehalten.

Es folgt das Zeugnis der vierten Grundschulklasse, ausgestellt in Ossiek, aus dem ersichtlich ist, daß Hrabak nicht gerade als besonders guter Schüler galt. In allen Fächern außer Religion hatte er Zweien, aber in Gymnastik ein »Sehr gut«, und erstaunlicherweise galt sein Betragen als beispielhaft.

Das Zeugnis der Abendschule, der sogenannten Lehrlingsschule, war in Belgrad ausgestellt worden und ähnlichen Inhalts, in den Fachdisziplinen hatte Hrabak allerdings sehr gute Zensuren. Die Gesellenprüfung hatte er mit bestem Resultat abgelegt, ebenso die Meisterprüfung. Aus der Fotokopie der Heiratsurkunde ging hervor, daß seine Frau Eržika fast fünfundzwanzig Jahre jünger war als er und daß die Ehe im Stadtbezirk Zemun geschlossen wurde.

Gesammelt wurden auch alle Fotos, deren man in dieser kurzen Zeit habhaft werden konnte. Es waren nicht viele.

Hrabak war, was sein Äußeres betraf, offenbar nicht allzu eitel. Die drei, die in den Archiven gefunden wurden, waren von kleinem Format, und auf allen sah er starr und ernst aus, wie von einem Fotografen auf dem Jahrmarkt aufgenommen, in dunklem Ausgehanzug mit Krawatte und weißem Kragen. Auf der ersten Aufnahme trug er noch den Bart und viel buschigeres Haar, doch dann war der Bart abrasiert worden, das Haar hatte sich gelichtet und lag glatt am Kopf an. Im übrigen hatte sich sein Gesicht nicht sehr verändert, es war immer ziemlich ausdruckslos, mit hellgrauen Augen und spitzer, ein wenig eingedrückter Nase, von der sich zwei tiefe Falten bis zu den Mundwinkeln und noch weiter bis zum Kinn hinunterzogen.

Das Wehrdienstkommando verfügte nur über seinen Musterungsschein; er bekleidete keinen Rang und war auch nicht speziell erfaßt worden. In der Ortsleitung lag sein handgeschriebener Lebenslauf, in dem er von sich selbst nur das Beste sagte.

»Ich stamme aus der Arbeiterklasse«, schrieb Hrabak mit gespaltener Feder, die unter seiner schweren, ungelenken Hand das ganze Blatt bekleckst hatte. »Mein Vater war Metallarbeiter und Maschinist in verschiedenen Betrieben. Er hat in Hradec Králové und in der Pilsener Brauerei, als Straßenbahnfahrer und Motorenschlosser in Prag und Olomouc gearbeitet. Da er wegen Beteiligung am Streik arbeitslos wurde, kam er mit einem Vergnügungsunternehmen und der ganzen Familie nach Belgrad und blieb hier, da er nach gewisser Zeit in der Bajlon-Brauerei Arbeit fand.« Aus dem, was Hrabak über sich und die Seinen dargelegt hatte, ging hervor, daß der alte Maxim (so nannte er seinen Vater Maximilian) seiner politischen Überzeugung nach Sozialist, daß er schon vor dem Krieg mit der Arbeiterbewegung verbunden und daß er bis zum ersten Weltkrieg Mitglied des Blasorchesters der Bajlon-Brauerei (großer Baß und Horn) gewesen war. Nach Kriegsausbruch und der Besetzung Belgrads wurde er zwangsmobilisiert, an die Front strafversetzt und lief 1917 als »Roter« zu den Russen über. Allem Anschein nach fiel er bereits ein Jahr darauf als Kämpfer der Roten Armee. Seine Mutter stammte aus den Sudeten, und über sie wußte er sehr wenig, da sie gestorben war, als er noch ein Kind war. Er hatte eine Halbschwester (mütterlicherseits – Anmerkung des Berichterstatters), über die er nichts weiter sagte, und zwei ältere Brüder, die im Kriege verschollen sind – auf jeden Fall hatte er jede Verbindung zu ihnen verloren. Der eine ging nach Belgien, um Arbeit zu finden, und von dort offenbar nach Amerika, wo sich jede Spur von ihm verlor. Der andere war Arbeiter, Büchsenmacher in Kragujevac, und wurde allem Anschein nach im Sommer einundvierzig bei der Razzia und dem Blutbad, das die Deutschen dort anrichteten, erschossen oder nach Deutschland in ein Lager verschleppt. Beide Brüder waren unverheiratet, und seines Wissens war keiner mehr am Leben.

Nachdem er das Klempner- und Installateurhandwerk erlernt hatte, reiste er eine Zeitlang durchs Land und arbeitete an verschiedenen Orten, in der »Fremde«, wie es damals hieß, um noch etwas zu sehen und kennenzulernen, bevor er sich in Belgrad niederließ, wo er zunächst beim Städtischen Wasserwerk Arbeit fand und danach, als der Palast der Handelskammer (das jetzige Gebäude der Generaldirektion) errichtet wurde, die Stelle des Hausmeisters und Installateurs annahm, weil er keine Wohnung hatte. Hier war er in dieser Eigenschaft mit kleinerer Unterbrechung bis zum heutigen Tag geblieben. Während des Krieges stand er mit der Volksbefreiungsbewegung in Verbindung und half ihr, soweit es in seinen Kräften stand. Zweimal wurde er festgenommen, kam aber beide Male wieder frei, auf Fürsprache des ehemaligen Direktors der Handelskammer, einer auch während der Besatzung angesehenen Persönlichkeit, dem er in seiner Villa in Dedinje die Zentralheizung instand hielt. Das erste Mal heiratete er vor dem Kriege noch als junger Geselle in Triest, wo er sich vorübergehend mit seiner Wandertruppe aufgehalten hatte; seine Frau kam jedoch schon in den ersten Kriegstagen bei einem deutschen Bombenangriff ums Leben und ließ ihn mit Kleinkindern zurück. Da es ihm schwerfiel, sich allein um sich und die Söhne zu kümmern, heiratete er erneut, diesmal Eržika Molnar, die Reinigungskraft aus demselben Betrieb. Sie hatten ein Mädchen namens Ivana, das leider ein wenig schwächlich war. Der älteste Sohn erlernte das Klempnerhandwerk, mit dem sich übrigens in seiner Familie, soweit er sich erinnerte, alle befaßten, machte sich dann selbständig und ging fort. Der jüngere ging noch zur Schule, aber das Lernen fiel ihm schwer. Auch ihn will Hrabak Handwerker werden lassen.

Hrabak wurde nie bestraft oder verurteilt, und in der Arbeit wurde er mehrmals belobigt.

Tod dem Faschismus – Freiheit dem Volk! und so weiter, wie es damals üblich war, Belgrad, April 1951. So endete das Dokument.

6

Der Chef der Sicherheit – im weiteren Verlauf dieses Berichts Chef der Abteilung S genannt – blätterte aufmerksam das gesammelte Material durch, unterstrich darin Stellen, die ihm für die Untersuchung wichtig und bedeutsam erschienen, und notierte auf dem Blatt Papier rechts vor sich die Grundgedanken für die weitere Untersuchung.

Mit Rotstift unterstrich er im Taufschein bestimmte Namen und Bezeichnungen, so zum Beispiel »Hradec Králové«, »Tschechoslowakei«, »Pfarrer« und auch ein deutsches Wort, das letztere wahrscheinlich mehr wegen des fremden Klangs als wegen seiner Bedeutung. Im Auszug des Wehrpasses strich er an, daß Hrabak vor dem Kriege im motorisierten Kommando der königlichen Garde gedient hatte, in der Heiratsurkunde über die zweite Ehe (die als einzige gefunden wurde) den Namen Molnar (den Mädchennamen seiner Frau), anscheinend, weil er ungarisch und fremd klang, und die Namen der beiden Zeugen Alexander (Aca) Dimić und Kiril Arsovski sowie Hrabaks Geburtsjahr und das seiner Frau, um auf den großen Altersunterschied hinzuweisen. Am meisten mit Strichen verziert war die Fotokopie von Hrabaks Lebenslauf. Neben der Bemerkung, daß der alte Maxim, Hrabaks Vater, Sozialist gewesen sei, wurde in Klammern das Wort *Sozialdemokrat* gesetzt, unterstrichen und mit drei Ausrufungszeichen versehen. Zweimal unterstrich er, daß einer seiner Brüder in Belgien oder Amerika gelebt und der andere sich, sofern er noch am Leben war, in Deutschland aufgehalten hatte. Auch der Passus, daß er während des Krieges durch die Fürsprache des ehemaligen Direktors der Handelskammer aus dem Gefängnis entlassen worden sei und daß seine erste Frau wahrscheinlich eine Italienerin oder eine Deutsche war, wurde angestrichen. Neben die Erklärung, er unterhalte zu der Halbschwester keinerlei Beziehungen, setzte er ein großes Fragezeichen. Im Personalbogen wurde unterstrichen, daß sein Sohn Fußballer sei, und in dem Bericht über Hrabaks Wohnung außer dem Namen der Alleinstehenden Milena Oklobdžija die Bemerkungen, seine Frau sei sehr mitteilsam, das Tor zur Straße werde auch nachts nicht abgeschlossen, und der Zaun sei morsch.

Schon fünf Tage darauf hatte die Akte beträchtlich an Umfang zugenommen. Mit dieser soliden Grundlage, die Aussicht auf Erfolg bot, konnte man die Angelegenheit weiter verfolgen. Der Leiter klingelte nach der Sekretärin und rief die Referenten zu sich.

Ohne sich vom Platz zu erheben und fast ohne sie anzusehen, blätterte er in den Papieren. »Gegenstand der Besprechung ist der Fall Hrabak!« erklärte er und las in gleichmäßigem Tempo vor; er übersprang, was ihm unwichtig erschien, und erläuterte, was er hervorzuheben wünschte.

»Geboren in der heutigen ČSSR – er unterhält also wahrscheinlich auch jetzt noch Beziehungen zu dortigen Verwandten und vielleicht auch mit Diplomaten hier in Belgrad. Väterlicherseits ist er tschechischer Herkunft, mütterlicherseits deutscher – wir wissen nur nicht, ob östlich oder westlich. Ein Bruder von ihm lebt in Belgien oder Amerika, der andere wer weiß wo, die Stiefschwester möglicherweise in Italien. Seine Frau ist Ungarin, und der Sohn, ein Fußballer, ist eine internationale Größe, der mit seinem Klub die halbe Welt bereist hat. Wie ihr seht, hat sich um euren ›Meister Sveta‹, wie ihr ihn nennt, eine illustre Welt zusammengefunden, fast so bunt wie bei den Vereinten Nationen. Er hat gedient, aber bei der königlichen Garde. Als vertrauenswürdiger Mann des Regimes wurde er als Hausmeister bei der Handelskammer eingestellt, hat nicht am Volksbefreiungskampf teilgenommen, aber mit seinem ehemaligen Direktor enge geschäftliche Beziehungen unterhalten. Allerdings war er im Lager in Banjica inhaftiert, aber wieder freigelassen, weil er eine Erklärung über die Zusammenarbeit mit den Besatzungsbehörden und der Spezialgruppe der Polizei unterschrieben hat. Zu alldem hat er aus gewissen Gründen, die wir noch zu klären haben, seinen richtigen Namen vor uns verheimlicht, in den Dokumenten und im Lebenslauf seine Vergangenheit und Herkunft beschönigt und so weiter. Ich brauche nicht alle übrigen Verdachtsmomente, auf die wir schon bei den ersten noch routinemäßigen und oberflächlichen Voruntersuchungen gestoßen sind, zu erwähnen. Wie ihr seht, erweist sich dieser sogenannte kleine und unscheinbare Mann, genauer betrachtet und unter die Lupe genommen, viel komplizierter, als es auf den ersten Blick scheint, etwa wie ein Wassertropfen, indem wir unter dem Mikroskop eine ganze Welt von Lebewesen entdecken, die darin ums Dasein kämpfen.

Deshalb ist, unabhängig von möglichen Einwänden oder Bemerkungen, die in der Direktion laut werden könnten, besonders von seiten der Angestellten und des Leiters der Kaderabteilung, die Untersuchung gemäß den früheren Anweisungen mit Volldampf fortzusetzen, und die Umstände, die in den bisher gesammelten Unterlagen festgehalten und mit Rotstift unterstrichen sind, sind besonders zu beachten. Zu überprüfen sind vor allem Hrabaks Beziehungen und Bekanntschaften hier in der Direktion und in anderen Kreisen, in denen er verkehrt. Seine Gewohnheiten sind zu erkunden, und zwar, womit er sich zu Hause beschäftigt, ob er das Gasthaus aufsucht, trinkt, spielt, beim Sporttoto oder bei Rennen wettet, Karten, Schach oder Domino spielt, mit wem und um was, um Getränke oder Geld. Verträgt er sich mit seiner Frau? Ist er eifersüchtig, begründet oder grundlos? Unterhält er irgendwelche Beziehungen zu anderen Frauen? Wie steht er zu seinen Kindern? Wie sieht es mit seinem Einkommen aus? Hat er irgendwelche Nebenverdienste, bekommt er private Aufträge? Für wen führt er sie aus, mit welchem Material, wie ist die Bezahlung, geht er dabei auch in fremde Häuser? Wie ist sein Verhältnis zum Geld – gibt er es aus oder spart er, hat er ein Sparbuch, und wieviel hat er drauf? Zu erkunden ist ferner, ob er sich für Außenpolitik und Wirtschaftsfragen interessiert, wie sein Nationalempfinden ist, wie er über andere Nationen und Nationalitäten denkt, ob er Zeitungen kauft, was er darin liest und ob er das mit jemandem erörtert, wie er über die inneren Verhältnisse, besonders den Genossen Plećaš und die Generaldirektion denkt, was er von unseren höchsten Funktionären, gesellschaftlichen Organisationen und der Staatsbehörde hält. Und endlich, ob er religiöse, nationale oder rassistische Vorurteile hat. Vor allem ist herauszufinden, wie sein Verhältnis zu den Sicherheitsorganen ist, ob er bei früheren Anlässen Bereitschaft zur Zusammenarbeit – ehrenamtlich oder gegen Entgelt – gezeigt hat und ob er auch jetzt bereit wäre, mitzuarbeiten?

Die Aufgaben sind sofort auf breiter Front in Angriff zu nehmen. Der Fall ist als wichtig und dringend zu betrachten.«

7

Der Hauptteil der Akte, das sogenannte »Tagebuch«, wurde immer dicker, wie eine Frau im letzten Stadium der Schwangerschaft. Es bestand aus numerierten Karten, auf die die Zettel mit den Notizen über die Beobachtungen der Berichterstatter geklebt wurden, der Reihe nach, wie sie eintrafen. So konnten Hrabaks Verfolger voneinander unabhängig vorgehen und zugleich alles prüfen, was ihre Kollegen in der Zwischenzeit festgestellt oder entdeckt hatten, ohne Zeitverlust, überflüssige Zusammenkünfte und Erörterungen. Das war eine praktische und übersichtliche Methode, die der Chef eingeführt hatte, und darauf war er stolz, als habe er eine Entdeckung gemacht. Das Lesen dieser Notizen erforderte allerdings Zeit. Sie wiederholten sich und waren zu ausführlich, aber der Chef unterstrich in den Notizen die wesentlichen Stellen, lenkte die Aufmerksamkeit darauf und schuf somit eine Art Kurzfassung. An den Rändern der Zettel notierte er Anmerkungen und zusätzliche Anordnungen. Um klarzustellen, von wem die Notiz stammte, setzten die Berichterstatter ihr Chiffre oder ihre Initialen darunter. Besondere Teile, die gewissermaßen als selbständiger Komplex geführt wurden, enthielten Blätter mit den Vermerken und Dokumenten über die Personen, die mit Hrabak im Zusammenhang standen und ebenfalls überwacht wurden, in erster Linie seine Frau, die Söhne und die Nachbarn.

Beschafft und der Akte beigefügt wurden die Kopie von Hrabaks Parteidokument, aus dem ersichtlich war, daß er regelmäßig den Beitrag entrichtete, jedoch den niedrigsten, der seinen Einkünften entsprach, ebenso der Auszug aus dem Mitgliedsbuch der Gewerkschaft, das nichts Wesentliches enthielt, und die Kopien von zwei Gehaltspfändungen, die eine für den Kauf einer Nähmaschine, bei der die Gültigkeitsdauer fast abgelaufen war, und die zweite, die nicht lange zurücklag, für die Anschaffung eines Fernsehgeräts. Beigefügt war auch Hrabaks Bürgschaft für den Hilfsfond der Angestellten für einen Kredit, den der Pförtner Kiril Arsovski sowie Ljubica (Buba) Oprečnik, Stenotypistin in der Kaderabteilung, aufgenommen hatten. Es wurde angeordnet, sie einstweilen zu überwachen, besonders die Stenotypistin (im Hinblick auf den Charakter ihrer Arbeit), und sie für alle Fälle sofort in eine andere Abteilung zu versetzen. Sobald es angezeigt wäre, sollten für beide gesonderte Hefter in Hrabaks Akte angelegt werden.

Unter diesen Dokumenten befanden sich auch die vertraulichen Berichte der Nationalbank und der Postsparkasse, aus denen hervorging, daß auf das Sparbuch von Svetislav Hrabak nur sechsunddreißigtausend alte Dinar eingezahlt waren und auf das Devisenkonto gar nichts. Hrabaks finanzielle Lage – falls er nichts auf die Seite gelegt hatte – war also nicht gerade glänzend, doch des besseren Überblicks halber vermerkte der Chef folgendes: »Berichte über die bisherigen Ein- und Auszahlungen anfordern, damit ersichtlich wird, wann und wieviel er eingezahlt und in welchen Zeitabständen er Geld abgehoben und ausgegeben hat!«

Das letzte Dokument war jüngeren Datums, es war die Abschrift einer Entscheidung der Kaderabteilung der Generaldirektion. Durch sie wurde Svetislav (und nicht Svjatoslav!) Hrabak, Angestellter des Betriebes, bisher in der siebzehnten Lohngruppe eingestuft mit einem Monatseinkommen von fünfunddreißigtausend alten Dinar, laut Verfügung des Leiters der Direktion und gemäß einem Dutzend zitierter Bestimmungen sowohl auf Bundes- als auch auf Republiksebene in die nächste, die sechzehnte Gruppe mit einem um zweitausend Dinar höheren Gehalt eingestuft, vom Ersten des kommenden Monats an. In einer ausführlichen Begründung wurde auf einer halben Seite der bisherige Verlauf von Hrabaks dienstlicher Tätigkeit dargelegt, unter das Dokument das Siegel der Direktion und die Unterschrift des Leiters gesetzt und in der Mitte noch das Einverständnis des Generaldirektors Plećaš vermerkt.

Offensichtlich war auch der Leiter der Kaderabteilung kein Trottel. Er hütete sich, Hrabak auch nur einen Deut mehr zu geben, als ihm zustand, und indem er auch den Generaldirektor persönlich in Anspruch nahm, sicherte er sich im voraus gegen alle möglichen Einsprüche ab. Er wußte, daß Hrabaks Dokument der vertraulichen Akte beigefügt und noch am selben Tag dem Chef der Sicherheitsabteilung vorgelegt wurde. Er war also vorsichtig.

8

Das erste Datum im »Tagebuch« war der 22. September. Darunter wurde vermerkt:

»Sveta Hrabak ist pünktlich in die Direktion gekommen, und zwar zehn Minuten vor sieben, wie üblich. An der Tür begrüßte er den Pförtner Arsovski, wünschte ihm einen guten Tag und fragte, was es Neues gäbe. Als dieser ihm erwiderte, daß er nichts wüßte, weil er kein Radio gehört und keine Zeitung gelesen habe, fragte ihn Hrabak: ›Aber im Hause ist doch alles in Ordnung?‹, und der Pförtner bestätigte dies und fügte hinzu, daß er glücklich wäre, wenn er so gut und fest auf seinen Beinen stünde wie Hrabak. Es sei erst ein halber Monat vergangen, und er habe schon fast den ganzen Lohn verzehrt und wüßte nicht, wo er sich Geld borgen könnte. ›Ihr Handwerker habt's leicht‹, sagte er, ›ihr seid immer in der Lage, irgendwelche Privatarbeit zu finden.‹ Hrabak tat, als habe er die Bemerkung überhört oder nicht verstanden. ›Arbeiten sie?‹ fragte er Arsovski und deutete in die Kellerräume. ›Ja, aber sehr langsam. Wenn sie so weitermachen, sind sie im nächsten Jahr noch nicht fertig.‹ – ›Um so besser!‹ meinte Hrabak. ›Es hat ja Zeit, und mit dem Fundament ist nicht zu spaßen.‹

Er ging dann in den Keller, in seine Werkstatt, zog die Arbeitskleidung an und nahm die Werkzeugtasche an sich. Er konnte nicht die ganze Zeit über auf Schritt und

Tritt überwacht werden, da das Netz der Beobachter noch nicht genügend ausgedehnt ist. Trotzdem erhellt sowohl aus persönlicher Beobachtung als auch an Hand des Arbeitsbuches, das Hrabak zu führen verpflichtet ist, daß er im Laufe des Vormittags drei Wasserhähne in den Toiletten und Waschräumen der unteren Etagen reparierte, zwei Patentschlösser am Materiallager im Erdgeschoß auswechselte, zwei Schlüssel feilte, die die Reinigungsfrauen von der dritten und siebten Etage von ihm gefordert hatten (Nr. 27 und 76), und die Heizungskörper in zehn Räumen des Erdgeschosses überprüfte und für die Heizsaison vorbereitete. Den Leuten, die an den Fundamenten des Gebäudes arbeiteten, gab er mehrmals Erläuterungen über die Lage der Kanalisationsrohre und der Wasserleitung, weil das Gebäude während des Krieges schwer beschädigt worden war. Über die unmittelbar nach dem Kriege vorgenommenen Umbauten hatte man keinen ordentlichen Nachweis geführt.

Er verließ das Gebäude um zwei Uhr fünfzehn, nachdem er sich vorher im Keller umgezogen und gewaschen hatte. Am Ausgang verabschiedete er sich vom Pförtner. ›Auf Wiedersehen, Kirća! Wenn dringend was verlangt wird oder was passiert – ich bin zu Hause.‹ Er ging bis zur Ecke der Nemanjina-Straße und nahm dort den Bus bis zum Mostar. Entsprechend den erhaltenen Instruktionen wurde er nicht weiter verfolgt. VP/oaz.« Unter dem gleichen Datum, aber mit einer anderen Maschine getippt, folgte der Bericht eines anderen Beobachters: »Hrabak ist wieder zur Sekretärin des Generaldirektors gekommen, um zu überprüfen, ob die Heizungskörper funktionieren. Er schraubte die Ventile in ihrem Zimmer ab, aber weil der Chef die ganze Zeit über in seinem Büro weilte, konnte sie ihn dort nicht hineinlassen. Sie bat ihn, das am Nachmittag oder am darauffolgenden Morgen zu erledigen, bevor der Generaldirektor ins Büro käme. Hrabak hielt sich bei ihr im Zimmer auf, setzte sich sogar hin, um zu verschnaufen, und ging dann wieder seiner Arbeit nach.

Bemerkt wurde ferner, daß er mehrmals in das Kellergeschoß des Hauses hinunterstieg, um nachzusehen, wie die Arbeiten vorangingen. Danach äußerte er sich in einem Gespräch mit zwei Handwerkern, die er zu einem Schluck Kaffee in seine Werkstatt einlud, kritisch über die Arbeiten und Pläne zur völligen Rekonstruktion des Gebäudes sowie über andere Reformen. ›Viel wird bei uns verändert! Vor zwei Jahren wurde hier auch schon gegraben, aber nicht so tief und in anderer Richtung, aber jetzt ist es, als ob ein Bergwerk angelegt wird. Vielleicht fällt uns eines Tages noch das ganze Haus überm Kopf zusammen. Aber es lohnt ja nicht, darüber zu sprechen, mich fragt auch gar keiner um Rat, und keiner will mich anhören.‹ Er erkundigte sich, woher die Handwerker wären und ob sie Familie hätten, und als sie ihm erklärten, daß sie sich um ihre Arbeit kümmerten und das täten, was ihnen vorgeschrieben werde, und alles andere sie nicht interessiere oder sie nichts angehe, pflichtete er ihnen bei: ›Ihr habt recht. Richtet euch danach, das ist das vernünftigste!‹ Und er verließ sie und stiftete, kritisch gestimmt, anschließend auch unter anderen Angestellten Unzufriedenheit, denen er an diesem Tag begegnete. ZMF/av.« Schließlich folgt auch die dritte Aufzeichnung vom selben Tage: »Hrabak ist genau um zwei Uhr fünfunddreißig nach Hause gekommen, nachdem er zwei Busse wegfahren ließ und auf einen anderen ganze acht Minuten wartete. Er kam durch die Tür, überquerte den Hof, ohne stehenzubleiben, ging geradewegs in die Küche und gab dem Hund, der ihm folgte, einen Tritt. Er aß Mittag und ging dann wahrscheinlich schlafen. Erst gegen fünf erschien er wieder auf dem Hof, er besah sich den Garten und fütterte die Tauben mit Brotkrümeln. Sie flogen ihm auf Hände und Schultern. Dann ging er in den Schuppen, der ihm als Werkstatt dient. Es war zu hören, daß er schmiedete und feilte. Gegen halb sechs gesellte sich ihm der Hauswirt Aca Dimić zu, band sich eine blaue Schürze um und machte sich ebenfalls an die Arbeit. Ihr Gespräch konnte aus der Entfernung nicht verfolgt werden, besonders wegen des Lärms, den sie beim Schmieden verursachten. Hrabaks Frau brachte ihnen Kaffee. Sie tranken ihn auf der Bank und aßen ein paar Pflaumen, die sie von den Zweigen pflückten. Danach arbeiteten sie wieder eine Zeitlang. Hrabak hörte als erster auf und ging ins Haus, wahrscheinlich, um sich zu waschen und umzuziehen, denn bald darauf erschien er wieder in reinem Hemd und gutem Ausgehanzug, um wegzugehen. Aus der Werkstatt holte er ein größeres Paket, in Zeitungspapier gewickelt und mit Schnur umbunden. Am Mostar nahm er den neununddreißiger Bus und fuhr in Richtung Dedinje. Er stieg an der Kreuzung beim Krankenhaus aus, und dort gelang es ihm, unseren Blicken zu entschwinden. Eine halbe Stunde darauf, an derselben Bushaltestelle, begegneten wir ihm erneut, er wartete auf den Bus, um zurückzufahren. Er hatte kein Paket mehr bei sich, muß es also irgendwo gelassen haben. Er fuhr wieder bis zum Mostar, obwohl er zwei Stationen vorher einen kürzeren Weg nach Hause hat, überquerte die Straße und betrat die Gaststätte. Die Arbeiter und Angestellten von der Nachmittagsschicht aus der benachbarten Brauerei saßen draußen unter den Bäumen, wo es viel angenehmer war, aber an den Tischen war noch Platz. Hrabak blieb jedoch in der Gaststätte. Wir sahen ihn in dem halbdunklen, noch unbeleuchteten Raum rechts hinten; er trank Bier, das er sich an der Theke geholt hatte.

Es war warm und schwül, die Busse waren überfüllt gewesen – Hrabak schwitzte und hatte Durst, denn er goß das Bier förmlich in sich hinein. Der Kellner trat zu ihm und blieb bei ihm stehen. Hrabak kehrt in diesem Lokal offenbar öfter ein, daher kennt man ihn gut. Sie sprachen miteinander, jedoch waren nur einige zusammenhanglose Worte zu verstehen. ›He, mein Namensvetter!‹ sagte Hrabak und scharrte mit dem Glas auf dem Tisch, dabei entgingen uns einige Worte. ›Einem Tauben braucht man nichts zu sagen, einem Dummen nichts zu raten. Es schert sich keiner darum, was ich denke, und es will mich auch niemand anhören.‹

Er trank das Bier, der Kellner ging zu den anderen Gästen, aber Hrabak blieb in der Kneipe, in der sich außer ihm und uns niemand mehr aufhielt. Er sah jedoch ständig zur Tür, als erwarte er jemanden. Gegen sieben kam ein Mann, der sich in dem Lokal offenbar nicht auskannte. Er gewöhnte seine Augen an das Halbdunkel und erblickte schließlich Hrabak, der ihm zuwinkte und ihm bedeutete, näher zu kommen. Der Mann setzte sich und bestellte ein Bier, Hrabak bestellte sich auch noch eins. Der Mann machte einen bürgerlichen Eindruck, sah aber etwas verwahrlost aus. Die Hosen waren ungebügelt und unten durchgestoßen, die Absätze schief. Der Hut war am Rand verbeult, das Hutband hatte Schweißflecken. Er hatte graumeliertes Haar, wirkte ein wenig aufgedunsen und hatte eine ungesunde Gesichtsfarbe, als hätte er lange im Gefängnis gesessen. Er war ungefähr in Hrabaks Alter, war aber magerer und schwächlicher und hatte eine schlaffe Haltung. Er sah nicht wie ein Handwerker aus, eher wie ein pensionierter kleiner Buchhalter oder ehemaliger Kaufmann, vielleicht war er ein Händler. Sie beugten sich zueinander vor.

Hrabak sprach im Flüsterton, der Mann hörte zu und nickte von Zeit zu Zeit zustimmend. Schließlich schoben sie die Gläser beiseite, und Hrabak zog aus der Tasche einen größeren Bogen Papier und breitete ihn auf dem Tisch aus. Sie betrachteten ihn aufmerksam und fuhren mit den Fingern darüber hin. Unter den gegebenen Bedingungen und trotz all unserer Bemühungen war nicht zu verstehen, worüber sie sprachen. ›Genau, ganz wie Sie gesagt haben!‹ sagte der Mann auf einmal lauter. ›Gefährlich, auf jeden Fall!‹ Vorsichtig, als handele es sich um Sprengstoff, falteten sie den Plan zusammen, und Hrabak steckte ihn wieder in die Tasche. Als erster erhob sich der Unbekannte, trat ins Freie und wandte sich nach links, die Straße entlang.

Der Mann wurde verfolgt. Er bestieg einen Bus und fuhr in Richtung Stadt. Bis jetzt wissen wir noch nichts über seine Person und kennen seine Adresse nicht, aber es ist anzunehmen, daß das eine wie das andere noch im Laufe des Tages ermittelt und der Bericht darüber der Akte beigefügt wird.

Hrabak erhob sich zehn Minuten später und ging auf dem kürzesten Wege nach Haus. Bis zehn sah er sich das Fernsehprogramm an. Danach löschte er das Licht, wonach die Überwachung bis auf weiteres eingestellt wurde. MBM/azf.«

9

Der Rotstift des Chefs fuhr auch über diese Aufzeichnungen hinweg, er hinterließ an mehreren Stellen blutrote Spuren und an den Rändern neue Instruktionen. Sie betrafen in erster Linie das Paket, das Hrabak auf seinem geheimnisvollen Spaziergang in Dedinje bei sich getragen hatte. Es sollte festgestellt werden, was es enthielt, wem er es übergeben hatte, wer der Mann war, mit dem er sich in der Gaststätte am Mostar getroffen hatte, und vor allem, was es mit dem geheimnisvollen Plan auf sich hatte, den sie so eingehend betrachtet hatten.

Einige dieser Aufgaben wurden noch im Laufe desselben Tages gelöst, aber es zeigte sich, daß sie entgegen allen Erwartungen den ohnehin schon schwierigen Fall nur noch verworrener machten. In ungewöhnlich kurzer Zeit gelang es den Untersuchungsorganen, die Identität von Hrabaks Gesprächspartner festzustellen. Sie erfuhren zuerst, wo er wohnte, und danach auch seinen Namen. Das übrige war dann einfach und, wie es im Sprachgebrauch der Sicherheitsorgane und der Schachzeitschriften hieß, eine »Frage der Technik«, um so mehr, als der Mann den Organen des Innenministeriums schon von früher bekannt war. In den Kriminalarchiven gab es eine größere Akte über ihn, die, Hrabaks Akte beigefügt, diese gleich um das Doppelte anwachsen ließ und gewichtiger machte.

»Sein Name ist Milutin Pecelj. Er stammt aus der Gegend von Glina. Was seinen schulischen Werdegang betrifft, so hat er nur eine unvollständige mittlere Bildung. Vor dem Krieg war er Unterwachmeister der Gendarmerie, wurde dann entlassen und wegen Annahme von Bestechungsgeldern und Mißbrauchs der Dienststellung (Vergewaltigung der Frau eines Häftlings) inhaftiert. Nach der Entlassung aus dem Gefängnis (anderthalb Jahre Haft, nicht gerechnet die vorzeitige Entlassung auf Bewährung wegen guter Führung und Zusammenarbeit mit der Gefängnisbehörde) befaßte er sich mit verschiedenen, größtenteils dunklen Geschäften. Er war Wiederverkäufer von Losen der Klassenlotterie, Vertreter einer zweifelhaften und anrüchigen Versicherungsgesellschaft, politischer Gefolgsmann einer kleinen, stark rechts orientierten politischen Partei, die von einem ehrgeizigen Fabrikanten und Großgrundbesitzer aus der Vojvodina finanziert wurde, und schließlich, als die Partei bei den Wahlen durchfiel, Einkäufer für die Materialversorgung bei der Handelskammer, einer Institution, bei der Hrabak damals Hausmeister war und in deren Gebäude sich nun die Generaldirektion für allgemeine Angelegenheiten befindet. Das Gebäude wurde bekanntlich Anfang des Krieges bombardiert, zwei oder drei deutsche Bomben hatten es stark beschädigt. Hrabak zog damals in das Haus um, in dem er heute wohnt und das ihm Aca Dimić, der Besitzer, Hrabaks Meister, Kollege und Freund schon aus der Zeit, als sie beide als Installateure bei der Verwaltung des Städtischen Wasserwerks arbeiteten, als provisorische Unterkunft anbot. Pecelj arbeitete während des Krieges weiter bei der Handelskammer, die von den Besatzungsbehörden übernommen wurde, nahm Beziehungen zu den Deutschen auf und beschaffte für sie Vieh und Lebensmittel. Durch die Aneignung von konfisziertem jüdischem Besitz und Schwarzmarktgeschäfte wurde er rasch reich und zu einer bekannten Persönlichkeit des hauptstädtischen Lebens während der Besatzungszeit. Kurz vor der Befreiung versuchte er zu fliehen, wurde an der Grenze gefaßt und in Handschellen zurückgebracht. Er wurde zu zehn Jahren Zwangsarbeit und Einziehung des gesamten Vermögens verurteilt, aber dank guter Zusammenarbeit mit der Verwaltung der Sträflingsbesserungsanstalt vor Ablauf der Zeit entlassen. Danach leistete er auf Bewährung zeitweilig auch den Sicherheitsorganen Dienste. Von da an betrieb er in der Hauptsache einen illegalen Kleinhandel mit altem Mobiliar, das er für wenig Geld in den Dörfern und auf den Märkten der Vojvodina aufkaufte und es an angesehene Belgrader Familien und Angestellte gewisser ausländischer Vertretungen teuer weiterverkaufte. Er ist unverheiratet, kinderlos, und einen Teil seiner Wohnung (Nebojšina 14/II) hat er für eine beträchtliche Monatsmiete der Vertretung einer slowenischen Firma überlassen. Mit ihm müßten unsere Organe, da sie ohnehin mit ihm Verbindung halten, Kontakt aufnehmen, jedoch vorsichtig und nicht direkt und ohne den Gegenstand unseres eigentlichen Interesses zu enthüllen, da Pecelj zugleich Verbindungen zur Kirche und zu reaktionären Kreisen der verarmten Bourgeoisie unterhält, die gezwungen ist, Wertgegenstände zu verkaufen, sowie zu einigen ausländischen Botschaften, für die er Antiquitäten zweifelhafter Herkunft und fragwürdigen Wertes beschafft sowie wahrscheinlich auch Informationen, die sie in erster Linie über die Neigungen der Leute aus der Belgrader Gesellschaft, mit denen er bei seinen Handelsgeschäften in Berührung kommt, von ihm erbeten ...«

Von einer Vertrauensperson, die beauftragt war, die Kontakte mit den Vertretungen zu überprüfen, erhielt man Angaben, durch die der Bericht der beiden Mitarbeiter ergänzt wurde, die bei Hrabaks Verfolgung auf seiner geheimnisvollen Fahrt nach Dedinje kein Glück gehabt hatten. Aus ihnen ging hervor, daß am selben Tag ein unbekannter Mann, auf den die Personenbeschreibung zutraf (zu dem Zeitpunkt, da Hrabak zeitweilig der Aufmerksamkeit seiner Verfolger entgangen war), aus eindeutig konspirativen Motiven den Rat einer ausländischen Vertretung besuchte, der im Bericht mit der Chiffre B bezeichnet wurde. Der Rat M. empfing ihn persönlich, nahm ihm das Paket ab, das in gewöhnliches Zeitungspapier gewickelt und mit einer Schnur umbunden war, und führte ihn durch den Garten bis zur Tür, während er sich mit ihm unterhielt. Worüber sie sprachen, konnte leider nicht verfolgt werden. Auch der Inhalt des Paketes konnte nicht überprüft werden, denn Herr M., der ins Haus zurückging, verschloß es sofort in einem speziellen Panzerschrank, über dessen Schlüssel und Chiffre nur er verfügt. Das war vorläufig alles.

Beigefügt wurden auch einige neue Fotos von unbekannten Personen, die wahrscheinlich Hrabaks nähere oder entferntere Verwandte waren. Ein vergrößertes, vergilbtes Foto zeigte ein großes Zirkuszelt, über dessen Eingang, der mit Wimpeln und bunten Bändern geschmückt war, mit großen Buchstaben zwischen zwei Engelchen und Nixen das Wort ODEON stand. Auf der Bank vor dem Eingang saßen schnurrbärtige Männer in altmodischen gestreiften Zirkustrikots, die Sträflingskleidern glichen, und zwischen ihnen zwei Frauen mit breitkrempigen Hüten und bis zum Boden reichenden langen Kleidern. Vor ihnen, auf der Erde, kauerte ein Clown, geschminkt und gekleidet, als wolle er sich gerade dem Publikum präsentieren, und ihm zur Seite ein Affe mit Jockeymütze auf dem Kopf und in Reithosen. Am rechten und am linken Rand standen ein Junge in Artistentrikot und ein Mädchen im Ballettröckchen. Die zweite Fotografie war ähnlich: ein Wiener Vergnügungspark, der sogenannte »Prater«, mit Riesenrad im Hintergrund und davor ein Karussell und ein Schießstand. Hinter der Bretterbarriere, im dunklen Hintergrund des Schießstandes, waren zwei Personen zu sehen, die schwer zu erkennen waren. Das dritte Foto, bunt wie vom Jahrmarkt, zeigte einen bärtigen Mann in fremder, wahrscheinlich österreich-ungarischer Uniform aus der Zeit des ersten Weltkrieges und das letzte einen jungen Mann in Marineuniform, offenbar Hrabaks ältesten Sohn während des Militärdienstes.

Aus den Aufzeichnungen, die am selben Tag eintrafen, ging dann hervor, daß am Vormittag, während Hrabak auf seiner Arbeitsstelle war, eine Gruppe Arbeiter der Städtischen Kanalisation auf seinem Hof auftauchte und dem Wirt Aca Dimić erklärte, sie hätten den Auftrag, durch den Hof einen Graben zu ziehen und Rohre für ein großes Wohnhaus zu verlegen, das im Frühjahr auf dem freien Platz hinter seinem Haus errichtet werden sollte. Dem alten Dimić war das gar nicht recht, zumal das ausgerechnet jetzt gemacht werden sollte, im Herbst, da der Regen begann, der den ganzen Hof aufweichte – aber er tat nichts, sie daran zu hindern, und kam auch nicht darauf, sich den Arbeitsauftrag von ihnen zeigen zu lassen. Gebückt und murmelnd ging er wieder in die Wohnung zurück, aber Hrabaks Frau Eržika kam gern zu dem stattlichen Brigadier heraus und zeigte ihm die Rohre der Wasserleitung, damit die Arbeiter sie nicht beschädigten. Inzwischen erwärmte ein Arbeiter in Hrabaks Küche rote Ölfarbe, mit der an Wänden und Pfählen die Richtung für den Verlauf der Kanalisationsrohre gekennzeichnet wurde. Und während seine Kollegen draußen die Hausfrau ablenkten, nahm er mit einer kleinen Kamera im Zimmer und in der Küche alles auf, was ihm verdächtig erschien, vor allem die alten Familienfotos, die gerahmt an den Wänden hingen – eine Aufgabe, die angesichts der engen Räume und des armseligen Mobiliars eine Kleinigkeit war.

10

Hrabak versuchte in jenen Tagen noch einmal, mit dem Generaldirektor zu sprechen. Nachdem er in der Kantine der Direktion rasch einige Gläser geleert hatte, wahrscheinlich, um sich Mut anzutrinken, fuhr er mit dem Aufzug hinauf, platzte ins Vorzimmer hinein und ging, ohne die Sekretärin um Erlaubnis zu bitten, geradewegs auf die gepolsterte Tür des Direktorenzimmers zu. Die Sekretärin fuhr hoch, aber ehe sie um den Tisch herumkam, hatte Hrabak schon die Klinke gepackt und wäre sicherlich auch eingetreten, hätte ihm nicht der Kaderleiter, der gerade herauskam, den Weg versperrt. Er erklärte dem Meister, Genosse Plećaš sei beschäftigt und nicht zu sprechen, und dann führte er ihn am Arm in sein Büro, um den Garderobenhaken, der sich aus der Wand gelöst hatte, befestigen zu lassen.

Die Reparatur war innerhalb weniger Minuten erledigt, aber da aus der Kantine gerade der Kaffee kam, den der Leiter freundlicherweise auch für Hrabak bestellt hatte, fragte er ihn beiläufig und scheinbar uninteressiert: »Was wollten Sie denn vom Generaldirektor, Genosse Hrabak? Wissen Sie, er ist mit verantwortungsvollen Aufgaben belastet, vielleicht könnte ich Ihnen helfen, wenn ich für die Sache zuständig bin?«

»Danke, Genosse Kaderleiter, es ist wirklich nicht nötig, daß auch Sie sich darüber Gedanken machen!« sagte Hrabak keineswegs verwirrt oder überrascht. »Das hat mit Ihrer Arbeit nichts zu tun, und Sie sind auch nicht in der Lage, mir zu helfen.«

»Hängt es mit Ihrer Einstufung zusammen? Ich glaube, Sie haben vor einigen Tagen die Entscheidung über Ihre Beförderung in die höhere Lohngruppe und auch über die Lohnerhöhung für fast das ganze zurückliegende Jahr bekommen.«

»Ja, Genosse Abteilungsleiter. Bei früheren Einstufungen hat man mich vergessen. Übrigens bekommen Arbeiter mit meiner Qualifikation in anderen, ähnlichen Betrieben jetzt schon einen viel höheren Lohn, und meiner ist, abgesehen von den Reinigungskräften, auch jetzt noch der niedrigste im ganzen Haus.«

»Also sind Sie nicht ganz zufrieden. Sie müßten sich mithin beschweren, und Sie haben jetzt auch noch Zeit dazu. Vielleicht könnte noch irgendwas für Sie getan werden. Wenn es das ist oder wenn Sie wollen, daß wir Ihre Frau einstellen, bei uns oder in einer anderen Institution, so bin ich bereit, mich persönlich dafür einzusetzen, und wenn es erforderlich ist, spreche ich bei Gelegenheit auch mit dem Generaldirektor persönlich darüber.«

»Danke, Genosse Kaderleiter. Meine Frau mußte die Arbeit wegen des Kindes aufgeben und könnte jetzt auch keine andere aufnehmen. Was ich dem Genossen Direktor sagen möchte, betrifft eher ihn als mich, und wenn Sie erlauben, möchte ich mich lieber persönlich an ihn wenden.«

»Also eine Beschwerde, über die Sie wahrscheinlich Stillschweigen wahren möchten?« Der Kaderleiter versuchte es noch einmal, aber weil er auch auf diese Frage keine klare Antwort erhielt, vermied er es, weiter in ihn zu dringen. Er wagte es auch nicht, Hrabak noch mehr zuzusetzen, um kein Mißtrauen in ihm zu wecken und dadurch vielleicht die ganze Untersuchung hinfällig zu machen. So fand das Gespräch für diesmal ein Ende.

Es wurde nicht festgestellt, ob Hrabak in jenen Tagen versuchte, auch mit anderen Mitarbeitern der Generaldirektion in Verbindung zu treten, vor allem mit den Stellvertretern und persönlichen Referenten des Generaldirektors. Aber auch wenn es so wäre, hätte ihm das nicht viel genutzt. Sie alle wußten, daß Meister Hrabak beschattet wurde, und sogar die Sekretärinnen vermieden es, mit ihm in Berührung zu kommen, um nicht Berichte schreiben oder Erklärungen abgeben zu müssen. Es wurde jedoch bemerkt, daß er sich seit einiger Zeit weniger mit seiner regulären Arbeit befaßte und sie widerwillig, mürrisch und schweigsam verrichtete, ohne allzuoft in die oberen Stockwerke zu steigen. Er hielt sich meistens in seiner Werkstatt auf, wandte sich mehrmals täglich an die Leute, die im Kellergeschoß gruben, und interessierte sich für den Verlauf der Arbeiten, die Richtung und die Geschwindigkeit, mit der die Bohrmaschinen vorankamen, die die Betonwände beseitigten und die Kellerräume vertieften.

Der Berichterstatter mit der Chiffre bmb hielt es für erforderlich, in seinen Notizen wiederholt auf diese Besuche und die auffallend langen Gespräche Hrabaks aufmerksam zu machen. Vielleicht hatte er Gründe, die Männer bei ihrer Arbeit zu behindern und aufzuhalten, und vielleicht hatte er hier im Kellergeschoß Drähte und Leitungen eines Abhörnetzes installiert und befürchtete nun, daß sie entdeckt wurden. Vielleicht bereitete er auch solche Installationen vor und begann, für irgendeinen fremden Dienst in den verzweigten Rohren der Ventilation und der Luftpost seine Fühler auszustrekken. Deshalb müßte er genauer überwacht werden, nötigenfalls von speziellen Technikern, die alle Kellerräume einer eingehenden Prüfung und Durchsuchung unterziehen sollten.

Der Chef der SI-Abteilung meinte jedoch, so etwas führe nur zu Zeitverlust und zu einem unnötigen Einsatz von wertvollen technischen Mitteln. Seines Erachtens müsse man auch weiterhin vorzugsweise Hrabaks Treiben in den oberen Etagen der Direktion überwachen, seine Tätigkeit außerhalb des Hauses und seine Beziehungen zu verdächtigen Kreisen wie Ausländern, einheimischen reaktionären Elementen und sogar zu politischen Emigranten. Deshalb versah er den Zettel seines Beauftragten mit folgender Notiz: »Mit wem sollte er denn sprechen, wenn nicht mit den Arbeitern, die ja seine Kollegen sind? Zumal in dieser Situation, da ihm alle andern aus dem Weg gehen. Außerdem hat er hier unten im Keller seine Werkstatt, und hier befinden sich auch die meisten Anlagen, für deren Instandhaltung er in erster Linie verantwortlich ist: die Kesselanlage der Zentralheizung, die Warm- und Kaltwasserrohre, die Kanalisation, die Klimaanlage und andere Installationen. Es ist nur gut, daß er nicht aus dem Keller herauskommt, um so weniger spaziert er auf den Treppen und Gängen der Direktion herum!«

11

Die Post, die Hrabak empfing, war nicht umfangreich: einige wenige Sendungen in fünf Tagen. Jedoch waren auch sie für die Untersuchung nicht ohne Bedeutung, und es versteht sich, daß man ihr die gebührende Aufmerksamkeit widmete.

Zunächst – adressiert an die Direktion und nicht an seine Wohnung – traf ein Brief ein, der mit ungeübter, zittriger Hand geschrieben war. Auf der Fotokopie, die Hrabaks Akte beigefügt wurde, war zu lesen: »Lieber Sveta, komm sofort bei mir. Brauche ich Dich dringend. Deine Marga.« So oder so ähnlich lautete die Unterschrift. Der Brief war zerknittert und hatte sogar Flecke von Lippenstift, als wäre er, bevor er in den Kasten geworfen worden war, lange in der Tasche herumgetragen worden. Die Briefmarke trug den Stempel des Hauptpostamts in Belgrad vom Vortag. Der Absender war nicht angegeben, und der Name Marga war bisher in Hrabaks Akte nicht aufgetaucht. Auf den ersten Blick konnte man mit bloßem Auge die Fingerabdrücke der Person erkennen, die ihn in den Briefkasten geworfen hatte; vielleicht stammten sie aber auch von dem Briefträger.

Der Brief wurde an den technischen Dienst zur Untersuchung weitergeleitet. Der Graphologe erklärte zweifelsfrei, daß er von einer Frau geschrieben worden war. Am interessantesten war die Ansicht der Sprachexperten, die auf der Fotokopie drei Wörter mit Rotstift unterstrichen. Sie meinten, die drei syntaktischen Fehler seien nicht zufällig entstanden und seien nicht etwa darauf zurückzuführen, daß der Briefschreiber keine gute Bildung habe oder nicht richtig schreiben könne. Es handele sich vielmehr um Germanismen, um die charakteristischen Fehler von Leuten, die in unserer Sprache nicht bewandert seien, um Fehler, die vor allem für Leute deutscher Herkunft typisch wären. Am Morgen darauf übergab der Hauptpförtner Kiril Arsovski Hrabak den Brief, als dieser zur Arbeit kam. Man beobachtete ihn dabei aus zwei Richtungen: Arsovski von vorn, vor ihm stehend, und einer der Leute von den Sicherheitsorganen von der Seite, durch das Fenster des Pförtnerraumes, wie ein Besucher, der kurz zuvor das Haus betreten hat. Ihre Aussagen stimmten überein: Hrabak sah sich den Brief, der ihm ausgehändigt wurde, nur flüchtig an, war verwirrt, errötete etwas und steckte ihn rasch in die Tasche. »Wer schreibt dir denn da?« wollte Arsovski wissen, aber Hrabak blieb ihm die Antwort schuldig und eilte mit den Worten, er habe keine Zeit, die Treppe hinunter. Während er in einer der Etagen beschäftigt war, wurde in der Werkstatt sein Mantel durchsucht, aber der Brief war nicht mehr darin zu finden. Er mußte ihn versteckt oder vernichtet haben.

An seine Wohnadresse kam die Septembernummer einer technischen Zeitschrift, die nur für hochqualifizierte Fachleute, in erster Linie für Ingenieure der Elektronik und Telekommunikation, bestimmt war. Dann trafen für Hrabaks Tochter Ivana einige Ansichtskarten ein, aus Mailand, Paris, Le Havre, Buenos Aires, Montevideo und Sao Paulo, wahrscheinlich entsprechend der Reiseroute der Person, die ihr schrieb. Alle hatten den gleichen kurzen Inhalt: »Viele Grüße« und Unterschrift: Brale oder Sascha. Ivana war erst zehn Jahre alt, sie konnte also noch keinen Freund in jenen Ländern haben – die Ansichtskarten waren also allem Anschein nach für Hrabak bestimmt. Aber weder die chemische Analyse noch der Computer entdeckten darauf eine Geheimaufzeichnung oder irgendeinen chiffrierten Sinn.

Die eingehende Durchsuchung von Hrabaks Werkstatt förderte indessen überaus interessantes Material und so sensationelle Ergebnisse zutage, daß auch der Chef der SI-Abteilung, der den Befund der Kommission las – obzwar frei von Illusionen über die Menschen und an große Überraschungen und bedeutungsvolle Entdeckungen gewöhnt –, sich nicht zurückhalten konnte, wie ein Kind kreischte und von seinem Stuhl aufsprang. In einem Fach von Hrabaks Arbeitstisch fand man zum Beispiel die Gebäudepläne der Generaldirektion und die Zeichnungen für alle Installationen noch aus der Zeit, als das Gebäude der Handelskammer errichtet worden war. Darin waren, wahrscheinlich von Hrabak selbst, mit Rotstift alle späteren Veränderungen markiert, unter anderem auch zwei Stellen im Keller, und zwar mit einigen konzentrischen Kreisen, ohne daß zu erkennen war, welchen Grund und welchen Sinn das hatte. In demselben Fach wurde auch eine Liste der höheren Direktionsangestellten einschließlich des Generaldirektors entdeckt. Vor den einzelnen Namen standen Buchstaben, offenbar Chiffren, die allein Hrabak zu enträtseln vermochte. Am häufigsten waren die Buchstaben P, S, F und L vertreten und außerdem noch arabische Zahlen bis Zehn oder Strichelchen, wie sie die Angestellten beim »Abhaken« setzen.

Die Fotokopie dieser Liste wurde der Akte beigefügt, und ein Exemplar wurde in die Analyseabteilung mit der Anforderung geschickt, mit Hilfe des Computers zu versuchen, die Bedeutung dieser Chiffren zu enträtseln. Zwischen all dem Werkzeug, den Hämmern, Zangen, Schlüsseln und Schrauben, wurden auch zwei verschmutzte Briefe gefunden, ähnlich dem, den Hrabak zwei Tage zuvor erhalten hatte. Einer war vor drei Monaten abgeschickt worden, der andere vor mehr als einem halben Jahr, beide waren mit dem Namen Marga unterschrieben (einmal »Deine«, das andere Mal »immer Deine«), und beide hatten nahezu den gleichen Inhalt: »Komm morgen. Es eilt. Brauche ich Dich wieder!« In den Tischfächern und in den Kisten in der Ecke wurde auch eine Menge unverbuchten Materials gefunden, gleichsam seit Jahren aus Müllgruben zusammengetragen: alte Drähte, Rohre und Stangen, eine große Menge dünner Eisenröhrchen, unbekannt woher und zu welchem Zweck bestimmt, runde Eisenknäufe, wahrscheinlich von einem alten Zaun abgebrochen, aber geeignet, beispielsweise Bomben daraus zu fertigen. Am ausgefallensten und rätselhaftesten waren jedoch die Skizzen eines äußerst komplizierten Motors, der, den Ergänzungen nach, die in die Originalzeichnung mit andersfarbigen Stiften eingetragen waren, lange und zu verschiedenen Zeitpunkten projektiert worden war. Der Entwurf wurde in einem Versteck in der Wand gefunden, eigentlich in einer erweiterten Vertiefung, die ursprünglich für die Hochspannungs-Verteilerdosen bestimmt und von einer Metallplatte mit dem üblichen Gefahrenzeichen – dem Totenkopf und gebrochenen Pfeilen – bedeckt war. Hier, in diesem Versteck, wurde auch eine Vorrichtung gefunden, deren Teile, aus Metallrohren und Kolben gefertigt, dem geheimnisvollen Entwurf entsprachen, der in dem Versteck aufbewahrt wurde. Das technische Rüstzeug des Chefs der SI-Abteilung und seiner Referenten reichte nicht aus, um zu entschlüsseln, was diese Vorrichtung darstellte und welchem Zweck sie diente. Sie ähnelte dem Prototyp eines Raketenflugkörpers oder einer richtigen Flugzeugbombe, die nur noch mit Sprengstoff gefüllt zu werden brauchte, um zu explodieren.

Die größte Überraschung bereitete jedoch ein fast komplettes Funkgerät mit Empfänger und Sender mittlerer Reichweite, untergebracht im selben Versteck. Älteren Typs, aus der Vorkriegs- oder aus der Kriegszeit stammend, für militärische oder Spionagezwecke bestimmt, war es nach geringfügigen Reparaturen und nach dem Auswechseln einiger verbrauchter oder veralteter Röhren durchaus funktionstüchtig und gebrauchsfertig. Auch die beiden technischen Spezialisten der SI-Abteilung, die abends, wenn keine lebende Seele mehr in der Direktion war, Hrabaks Werkstatt durchsuchten, konnten sich im ersten Augenblick vor Schreck nicht fassen. Sie riefen einen ihrer Kollegen hinzu, der inzwischen im Erdgeschoß den Haupteingang absicherte, und dieser rief, nachdem er den Fund als äußerst wichtig beurteilt hatte, den persönlichen Referenten des Chefs an, der sofort angefahren kam, um sich persönlich zu überzeugen, worum es sich handelte.

Eine halbe Stunde darauf fand sich in Hrabaks enger, staubiger Werkstatt fast die ganze Belegschaft der SI-Abteilung ein und setzte beim schwachen Schein einer Taschenlampe, um das grelle Licht der großen Glühlampe an der Decke zu vermeiden, die Durchsuchung fort. Es sah aus, als hätten sich Einbrecher versammelt oder als würde ein illegales konspiratives Treffen abgehalten. Der persönliche Referent des Chefs und seine Mitarbeiter untersuchten vorsichtig, mit Gummihandschuhen an den Händen, um nicht ihre eigenen Fingerabdrücke auf den Sachen zu hinterlassen, die Gebäudepläne, die Listen der Direktionsangestellten, die Zeichnung der geheimnisvollen Maschine und ihren wahrscheinlichen Prototyp; am intensivsten aber befaßten sie sich mit dem Funkgerät, das aus dem Versteck geholt und auf Hrabaks Arbeitstisch gestellt wurde, als wolle man nun mit dem Senden beginnen. Selbst der persönliche Referent war verblüfft. Das hatte er nicht erwartet, und er konnte seine Überraschung nicht verbergen. »Sieh mal einer an!« staunte er. »Wer hätte das erwartet!« Auch für ihn, einen Mann von der Abwehr, war das zuviel.

Alles wurde noch am selben Abend fotografiert. Am Funkgerät wurden, um es auf unauffällige Weise funktionsuntüchtig zu machen, vorsichtig einige kleinere Schlüsselteile entfernt, und dann wurde es wieder in den Holzkasten eingeschlossen und mit allen anderen Sachen in das Versteck zurückgestellt. Alles wurde sorgfältig in den früheren Zustand gebracht, damit Hrabak nichts bemerkte, und tags darauf wurden die Fotos der Maschine und die Fotokopie ihrer Zeichnung zur sofortigen und genauen Expertise dem Pyrotechnischen Institut der Armee und die Teile des Funkgerätes dem Institut für Telekommunikation übermittelt.

12

Bei der Durchsuchung von Hrabaks Privatwerkstatt im Schuppen neben seinem Haus ereignete sich jedoch ein sehr großes und peinliches Mißgeschick, das um ein Haar die ganze Untersuchung zunichte gemacht hätte.

Die beiden gedungenen Einbrecher, die der Kripo übrigens nicht unbekannt waren, hatten die Aufgabe, vom Nachbarhof aus die dünne Wand von Hrabaks Schuppen zu durchbrechen, indem sie eine lose Latte verschoben, und ihn zu durchsuchen, um festzustellen, was Hrabak hier anstellte und was er vor einigen Tagen dem Rat einer Auslandsvertretung gebracht hatte. Am Tag vor dieser Aktion vergifteten die engagierten Kriminellen, nachdem sie nach allen Regeln ihres Handwerks das Terrain sondiert hatten, Dimić' Wolfshund, indem sie ihm durch die Öffnung im Zaun gegen Abend, als er von der Kette gelassen wurde, ein Stück blutiges Fleisch, das vergiftet und mit kleinen Glassplittern durchsetzt war, vorwarfen. Er verendete noch im Laufe der Nacht, ohne lange zu winseln. Dimić und Hrabak fanden ihn am nächsten Morgen darauf mitten im Hof. Er war schon alt, räudig und zahnlos, und sie glaubten, er sei auf natürliche Weise verendet. Sie gruben ein tiefes Loch in der Hofecke und begruben ihn.

In der nächsten Nacht, gegen zwei Uhr, drangen die Einbrecher ohne größere Schwierigkeiten in den Schuppen ein. Draußen, auf der Straße, hinter der ersten Ecke, wartete ein geschlossener Wagen der Städtischen Straßenreinigung mit Polizisten, die als Müllfahrer verkleidet waren. Im Schuppen war es dunkel. Es war kein Fenster darin, und kein Mondschein drang in sein Inneres. Sie benutzten eine Speziallampe mit Batterie, die einen feinen, fast laserartigen Lichtstrahl abgab, um sich im Schuppen freier bewegen und das fotografieren zu können, was sie für bedeutsam und für die Untersuchung von Wert hielten. Es war keine leichte Sache. Dimić werkelte in diesem Schuppen schon seit über dreißig Jahren und hatte in dieser Zeit eine Unmenge Gerätschaften und Gerümpel gesammelt: alte, schwere Heizungskörper, verschiedenzöllige Rohre, Blei-, Zink- und Stahlrohre, dünnere und stärkere Bleche, Brausen, Wannen, Waschbecken, Mausefallen, bedeckt mit Spänen und Spinngewebe, dazu alle möglichen Arten von Werkzeug, wie Schraubstöcke, Blasebälge, Ambosse, Hobel, Feilen, Sägen, Zangen und Hämmer, ungefähr alles, was in durchschnittlich ausgestatteten Mechanikerwerkstätten zu finden ist. Außerdem gab es dort einen Schmiedebalg, einen Schweißapparat, eine mechanische Drehbank, eine Sauerstoffflasche, Schutzhandschuhe und eine dunkle Brille. Auf einem Bolzen hing ein großes Bund alter und neuer Schlüsselrohlinge, daneben ein Ring mit Nachschlüsseln. Auf dem Arbeitstisch lagen Metallröhrchen, ähnlich denen, die auch in Hrabaks Werkstatt im Keller der Direktion entdeckt worden waren, und wahrscheinlich hätte man noch andere Sächelchen von Bedeutung gefunden, wenn nicht der alte Dimić, der eine schwache Blase hatte, gerade in dem Augenblick auf den Hof gekommen wäre, als einer der Einbrecher in der Dunkelheit ein Metallrohr streifte, das zu Boden fiel und gegen ein Blech schlug. Es hallte wie eine Kirchenglocke, und vielleicht hätte Dimić auch gedacht, daß die Katze in seinem Schuppen herumstromerte, wenn er nicht durch den Bretterspalt das Licht der elektrischen Lampe bemerkt hätte, die die Einbrecher benutzten.

Obwohl alt und zudem noch an Atemnot leidend, war Meister Dimić als ehemaliger gestählter Krieger weder ängstlich genug, sich schweigend zurückzuziehen, noch so voreilig, auf der Stelle Alarm zu schlagen und so dem Einbrecher die Flucht zu ermöglichen. Er versteckte sich, horchte und kam alsbald dahinter, was sich im Schuppen abspielte. Leise klopfte er an Hrabaks Fenster, weckte seinen Freund und Mitbewohner und rief ihn heraus. In Hemd und weißen Unterhosen, so wie sie sich vom Schlaf erhoben hatten, standen sie wie Gespenster mitten auf dem Hof und lauschten einige Zeit, was hinter der dünnen Bretterwand des Schuppens geschah. Dann, nachdem sie der Meinung waren, daß Einbrecher von dem Gelände aus, auf dem im Frühjahr ein Wohnhaus gebaut werden sollte, in die Werkstatt eingedrungen wären, griffen sie sich die Stangen, mit denen die Rosen gestützt wurden, und begaben sich auf die andere Seite. Auf der Straße war niemand zu sehen, kein Passant und auch kein Polizist. Die beiden Leute, die dort Posten stehen sollten, falls irgend etwas Unvorhergesehenes passierte, und die sich dessen bewußt waren, daß für den Einbruch geschickte »Fachleute« engagiert worden waren, mit denen auch die Kriminalpolizei schwer zurande kam, hatten sich zur nächsten Ecke zurückgezogen und sich jenen zugesellt, die im Wagen der Straßenreinigung saßen. So gelangten Hrabak und Dimić unbemerkt auf das Baugelände und kamen von hinten an den Schuppen heran.

Es war ein Glück für die Einbrecher und die ganze Aktion, daß der alte Dimić, auf allen vieren durch Unkraut und Brennesseln kriechend, auf einen alten Eisenreifen trat, der ihm mit dem hochragenden Ende gegen das Schienbein schlug. Er konnte ein paar Flüche nicht unterdrücken, was dem geübten Ohr des Einbrechers, der sich gerade aus dem Schuppen zwängte, um im Mondschein einige ausgewählte Gegenstände zu betrachten, nicht entging. Er fuhr zusammen, hob den Kopf und erblickte die beiden Männer, die sich mit Stäben in der Hand näherten. Er vergaß, in welcher Mission er hier war, wer ihn hergeschickt hatte und wie viele Polizisten ihn schützten, und setzte links über den nächsten Zaun, ohne seinen Kameraden zu warnen, der noch im Schuppen war.

Die beiden verfolgten ihn, kehrten aber schließlich um und krochen in den Schuppen, um nachzusehen, welcher Schaden ihnen zugefügt worden war. Zu ihrer Überraschung fanden sie dort den zweiten Einbrecher vor, der ruhig in seiner Arbeit fortfuhr und nicht ahnte, daß der Mann, der sich ihm in der Dunkelheit näherte, nicht sein Kamerad war. Sie ergriffen und verprügelten ihn gleich an Ort und Stelle, führten ihn aus dem Schuppen und fesselten ihn auf dem Hof mit rückwärts gedrehten Armen an den Aprikosenbaum. Dann verhörten sie ihn so, wie es ihrer Meinung nach die Polizei zu tun pflegt, bis es dämmerte. Sie verpaßten ihm reichlich Ohrfeigen und Rippenstöße. Am Morgen kam als erste, noch verschlafen und nicht ganz angezogen, die Mieterin Milena Oklobdžija auf den Hof, um sich an der Wasserleitung zu waschen, bevor sie zur Arbeit ging. Sie wurde beauftragt, unterwegs zur Polizeiwache zu gehen, den Fall zu melden und um Hilfe zu bitten. Dort wußte man jedoch schon Bescheid, und man wartete nur auf dieses Signal, um eingreifen und retten zu können, was noch zu retten war. Sie fürchteten, daß der gestellte Dieb, einmal in die Zange genommen und Schlägen ausgesetzt, wie gewohnt seine Auftraggeber preisgeben würde. Zum Glück hielt er sich jedoch ziemlich gut, sehr gut sogar, sofern es sie betraf. Er jammerte nur feige, heulte und bat, ihn zu schonen, obwohl er, wie er später erzählte, einigemal versucht war, alles zu bekennen, weil er sich diesmal, gefesselt und gekreuzigt wie Christus, mehr gequält habe als in seiner gesamten bisherigen Einbrecherlaufbahn.

Die Polizisten, die sofort auf den Hof kamen, sahen ihren Schützling mißhandelt und blutbeschmiert, mit elektrischem Kupferdraht an den Baum gefesselt, und davor auf der Bank den alten Dimić, der, ihn bewachend, Kaffee trank und Honig löffelte, mit dem er seine Atemnot und seinen Husten behandelte. Er bot davon auch den Polizisten an, aber sie lehnten ab, weil sie in Eile waren, banden den gefesselten Einbrecher los und nahmen ihn mit. Dieser begann, sobald er mit ihnen allein war, übertrieben laut zu schimpfen und zu jammern, um sich seine Dienste und die eingesteckten Schläge so teuer wie möglich bezahlen zu lassen.

Die Gefängnisärzte untersuchten und verbanden ihn.

Aber zu allem Unglück wurde der Fall noch verworrener, als sich auf der Polizeiwache zufällig auch ein jüngerer Mitarbeiter des Kriminal- und Sensationsblattes »Morgennachrichten« einfand, der in diesem Geschehnis seine große journalistische Chance erblickte und aus dem ganzen Fall eine Kriminalgeschichte ersann, in der die beiden Handwerker als Helden erschienen, die sich darum verdient gemacht hatten, die Bürger ihres Bezirkes von einer gefährlichen Einbrecherbande befreit zu haben, die schon längere Zeit hindurch die Gegend unsicher gemacht habe. Das brachte für die Untersuchung einige Unannehmlichkeiten mit sich, zumindest zwei. Die geringfügigere war, daß die Polizei den unglücklichen Einbrecher noch eine Zeitlang in Haft halten mußte, und die größere die, daß noch am selben Tag Hrabaks Bild in allen Zeitungen erschien und von dort, zusammen mit einem größeren in der Akte des Meisters, auf den Tisch des Chefs gelangte. So erfuhr auch er sofort von dieser dummen Sache, die ihm seine Untergebenen verschweigen wollten.

»Idioten!« lautete sein ganz und gar undienstlicher Kommentar, den er mit Rotstift auf den Zeitungsausschnitt setzte. Aber der Fall hatte außer diesen erwähnten Unannehmlichkeiten noch eine ganze Reihe anderer Folgen. Es zeigte sich, daß nun wenigstens für eine gewisse Zeit nicht aufgedeckt werden konnte, was Hrabak einige Tage zuvor aus seiner Werkstatt in jenem geheimnisvollen Paket, das er dem Angestellten einer Auslandsvertretung aushändigte, fortgetragen hatte. Aber in gewisser Hinsicht war es noch unangenehmer, daß die Nachricht über die Ergreifung einer Bande und die angebliche nächtliche Verfolgungsjagd durch die Straßen der Vorstadt in dem Viertel bekannt wurde, wo Hrabak wohnte, und auch in der Generaldirektion für allgemeine Angelegenheiten, wo er beschäftigt war. Es lasen und kommentierten diese Nachrichten die unteren Angestellten, die Pförtner, Boten, Reinigungskräfte und auch die Archivare, Stenotypistinnen und Sekretärinnen, die solchen Neuigkeiten weit mehr zugetan sind als der langweiligen Arbeit, mit der sie sich abgeben müssen. Einige Tage lang klatschte man des langen und breiten über den Fall, aus dem der emsige Journalist eine ganze Story in aufregenden Fortsetzungen gemacht hatte und die er zu einer Serie von Fernsehsendungen für die Samstagabende mit den populären Schauspielern Mija und Čkalja in den Rollen Hrabaks und Dimić' umarbeiten wollte. Im übrigen zeugten von all dieser Erregung und Entrüstung auch die Notizen, die jeden Tag eintrafen; die Referenten schnitten sie aus und klebten sie auf die Seiten des Teils in Hrabaks ansehnlicher Akte, der »Tagebuch« genannt wurde.

13

»Hrabak kam heute etwas später, zehn Minuten nach sieben, mit einem Pflaster an der rechten Schläfe«, berichtete Hauptportier Arsovski, der von den Ereignissen unterrichtet war. Er und zwei Bürogehilfen erblickten ihn schon, als er die Straße überquerte; er kam aus einer anderen Richtung als gewöhnlich. Sie traten vors Haus, um ihn zu begrüßen, und forderten ihn auf, ihnen alles zu erzählen. »Schon morgens roch er nach Schnaps«, fuhr in seinem Bericht der neidische und mißgünstig gestimmte Arsovski fort, der ohnehin beauftragt war, alle, die das Gebäude der Direktion betraten, zu beobachten und zu beschnüffeln. »Er kritisierte die Polizei und sagte, daß sie sich viel zuviel mit Politik und Verkehr befasse, anstatt sich um die Verbrecher und Gewalttäter zu kümmern, die schon so frech geworden seien, daß sie sozusagen am hellichten Tag in die Wohnungen eindringen. ›Uns bleibt es selbst überlassen, mit ihnen fertig zu werden‹, hat er gesagt, ›und dann nimmt man es uns noch übel, daß wir dem Kerl in der Nacht ein bißchen eingeheizt haben, weil er es verdient hat. Statt ihn zu verfolgen, droht man jetzt uns noch mit der Anklage, wir hätten Gerechtigkeit auf eigene Faust geübt und es zu weit getrieben!‹ Hrabak kritisierte bei dieser Gelegenheit auch die Presse und die Journalisten, die besser daran täten, sich mehr für die Lebensbedingungen zu interessieren, als sich aus diesem Anlaß Geschichten auszudenken, die zu dem Vorfall keinerlei Beziehung haben. Es wäre nicht wahr, daß ihre Mieterin Milena Oklobdžija bei der Ergreifung des Einbrechers beteiligt war, wie der Journalist behauptet habe. Sie sei nur zur Wache gegangen, um den Fall zu melden und Polizisten herbeizuholen, die den schon dingfest gemachten und überwältigten Verbrecher übernehmen sollten. Es wäre auch nicht wahr, daß es sich um eine große Werkstatt und einen erheblichen Schaden handelte, der ihnen zugefügt wurde. Es sei ein gewöhnlicher baufälliger Holzschuppen, der zusammen mit dem Handwerkszeug, das sich darin befände, nicht viel wert wäre. ›Wenn sie so über Dinge berichten, die sie vor der Nase haben, was soll man dann von ihren Berichten und Artikeln halten, die sie aus größerer Entfernung und über Dinge schreiben, die sich nicht leicht überprüfen lassen?‹« Nach Arsovskis Meinung habe der Meister dadurch die Berichte der Presse über die politischen, sozialen und wirtschaftlichen Erfolge des Landes sowie über die Arbeit der Generaldirektion und ihrer leitenden Mitarbeiter beanstandet, über die er sich auch früher mehrmals kritisch geäußert habe, was auch dazu geführt habe, daß er überwacht werde.

In der Annahme, Hrabak sei schon von vornherein verurteilt und von ihm, Arsovski, werde eigentlich nur noch gefordert, ihn soviel wie möglich zu belasten, sagte er seinem SI-Verbindungsmann in die Feder, Hrabak, der sich bescheidener gäbe, als er in Wirklichkeit sei, habe erklärt, daß es nicht nötig gewesen wäre, soviel Wesens von diesem nichtigen Ereignis zu machen. Es wäre besser, sich um die großen Diebstähle, um Mißbrauch und Veruntreuung zu kümmern, die es in den wichtigsten Dienststellen gäbe, womit er die angesehensten Führungskader in Staat und Gesellschaft und zugleich die leitenden Kader der Generaldirektion für allgemeine Angelegenheiten, deren Brot er äße, gemeint habe. Mit dem Pflaster am Kopf habe er sich den ganzen Tag in der Direktion wichtig getan, als sei er an der Front verletzt worden, als stünde ihm ein Tapferkeitsorden zu und als müsse er zum Volkshelden ausgerufen werden. Allen, auch denen, die die Morgenzeitungen nicht gelesen und ihn auch um nichts gebeten hätten, habe er der Reihe nach erläutert, was ihm zugestoßen sei, und er wäre nahe daran gewesen, ein Meeting abzuhalten oder in der Kantine eine Pressekonferenz zu geben. Seine unmittelbaren Vorgesetzten wüßten besser als er, Arsovski, was Hrabak an jenem Tag an seinem Arbeitsplatz geschafft und womit er die Zeit vertan habe. Aber er sei überzeugt, daß er es bei diesem vielen Gerede nicht geschafft habe, in der Toilette des Erdgeschosses die Verstopfung zu beseitigen, die schon das ganze Haus verpeste. Und so weiter.

Von solchen und ähnlichen Gesprächen Hrabaks berichteten auch die anderen eigens dazu engagierten Beobachter wie Bürogehilfen, Reinigungskräfte, Sekretärinnen und auch mancher Oberreferent, und da sie wußten, daß Hrabak kein Generaldirektor war und ihn niemand vor Agenten oder lästigen Bittstellern schützte, sondern nur ein kleiner Angestellter, um den man sich nur kümmerte, wenn man etwas an ihm auszusetzen hatte, brachten sie in ihren Berichten noch manchen Stachel gegen ihn an, um sich dadurch von Hrabak abzugrenzen und sich bei denen lieb Kind zu machen, die sie engagiert hatten.

»Hrabak hat – wie gewöhnlich – wenig gearbeitet. Den größten Teil der Zeit hat er im Gespräch mit den Arbeitern im Keller zugebracht und in ihnen Zweifel an dem Erfolg ihres Unternehmens gesät, während er die Rekonstruktionspläne, die Fähigkeit und Qualifikation ihrer und unserer leitenden Mitarbeiter kritisierte. Mit dieser – im Grunde antisozialistischen und gegen die

Selbstverwaltung gerichteten – Einstellung reiht sich Meister Hrabak ein in das Lager der offenen, erbitterten Gegner unseres gesellschaftlichen und politischen Systems. Davon hat der Unterzeichner aufgrund seiner direkten persönlichen Wahrnehmungen und Erfahrungen die zuständigen Mitarbeiter der Direktion sowie die Organe der Sicherheit, mit denen er zusammenzuarbeiten schon lange die Ehre hat, wiederholt unterrichtet«, hieß es in dem Bericht des Bürogehilfen der Direktion Šaca, der »Stange« genannt wurde (wegen seiner Größe, Magerkeit und steifen Haltung) und der auch im täglichen Gespräch die Zeitungsphrasen und den offiziellen politischen Wortschatz der Dienstakten und Versammlungen anbrachte. Er war für die Räume im Erdgeschoß zuständig, hatte Akten auszutragen, den Referenten, Chefs und Abteilungsleitern Kaffee zu bringen und Außenstehenden und Besuchern in den Gängen den Weg zu weisen und sie in die Büros zu dirigieren, wie ein Verkehrspolizist die Autos auf den Straßen. So kam er schon aus dienstlicher Obliegenheit mit Hrabak in Kontakt, und gerade an jenem Tag rauchte er – der halbe Monat war schon verstrichen – Hrabaks Tabak, trank in der Kantine im Erdgeschoß auf dessen Rechnung Kaffee und nahm auch einen Teil des Frühstücks an, das Hrabak von seiner Frau mitbekommen hatte.

»Heute hat er Glückwünsche entgegengenommen, als ob er berühmt geworden ist oder eine Beförderung erhalten hat«, berichtete er weiter, »und immerzu bot er in der Kantine Tabak, Kaffee und Getränke an, was allein schon beweist, daß er im Gegensatz zu allen übrigen Angestellten seiner Art auch nach dem Fünfzehnten noch über Geld verfügt und nicht sparen muß. Ich schlage daher den zuständigen Organen vor, seine Einkünfte genauer unter die Lupe zu nehmen und festzustellen, woher sie stammen, ob er Geld von Volksfeinden und anderen antisozialistischen Elementen annimmt oder vielleicht auch hier in der Direktion stiehlt, was leicht zu überprüfen wäre. In diesem Zusammenhang bin ich auch fernerhin der Überzeugung, daß er mit seinem großtuerischen Benehmen absichtlich Unzufriedenheit und Wut bei den anderen Werktätigen und den breiten Schichten unserer Bürger gegen unsere Macht und jetzige Ordnung hervorruft und daß er auch die Unzufriedenheit und Mißstimmung unserer ehrlichen Leute, die nach dem Fünfzehnten im Monat für Kaffee und Tabak kein Geld mehr haben, ausnutzt, um Widerstand und Aufruhr zu stiften. Deshalb mache ich die zuständigen leitenden Genossen darauf aufmerksam, daß im Hinblick auf das vorangeschrittene Datum im Monat und das relativ niedrige Klassenbewußtsein der Angestellten sein weiteres provokatorisches Verhalten die politische Situation unter den breiten Massen der Werktätigen in der Generaldirektion verschlechtern und schwere Folgen nach sich ziehen könnte ...«

Ähnlichen Berichten zufolge stand fest, daß Hrabak an jenem Tag wirklich in ausnehmend gehobener Stimmung und, vermutlich unter Einfluß von Alkohol, gesprächiger und weniger zur Arbeit aufgelegt war als sonst. Aus der Zahl dieser Berichte war auch zu ersehen, daß die engagierten Beobachter sich bedeutend vermehrt hatten und daß das Netz der Beschatter um ihn dichter geworden war. Ferner erfuhr man, daß er auch an jenem Tag einen weiteren verzweifelten Versuch unternahm, mit Generaldirektor Plećaš in Kontakt zu kommen, da er hoffte, daß auch er die Nachricht in den Zeitungen gelesen, sein Bild gesehen und sich seiner Bitte und seines Versprechens erinnert habe, für ihn Zeit zu finden. Der Generaldirektor weilte jedoch nicht in Belgrad, und Hrabak verließ, als er das erfuhr, das Vorzimmer seines Büros mit der Äußerung, daß die Sache keinen Aufschub mehr dulde und er es schließlich aufgäbe, wenn auch alles zum Teufel ginge. »An uns denken sie nur, wenn sie uns brauchen, aber es kann passieren, daß wir uns auch nicht melden, wenn sie von uns was wollen, oder daß sie uns nicht finden, wenn sie uns wieder brauchen! Es ist ja doch aussichtslos, mit ihm sprechen zu wollen. Die wollen uns nicht sehen und nicht hören!« sagte er brummig. Die Sekretärin roch seine Alkoholfahne, und sie vergaß nicht, ihren Eindruck zu notieren und zu betonen, daß seine Worte einen politischen Beiklang hatten und eine offene Drohung enthielten.

Wie gewöhnlich störte er auch in jenen Tagen durch seine Gespräche und Besuche im Keller die Handwerker und Ingenieure, und über das Sekretariat der Direktion gelangte auch eine schriftliche Beschwerde des Chefingenieurs des Bauunternehmens »Rekonstrukteur« zur SI-Abteilung, daß der Installateur Sveta Hrabak nicht mit ihnen zusammenarbeite und unwillig und mit Verzögerung Angaben über die Installationen im Haus und die Umbauten, die nach dem Kriege vorgenommen wurden, mitteile und dadurch die Arbeit unnötig aufhalte. Er bitte deshalb das Sekretariat, Hrabak darauf aufmerksam zu machen, daß er verpflichtet sei, auf das engste mit ihnen zusammenzuarbeiten, und weise die Generaldirektion darauf hin, daß davon auch der Erfolg der Arbeit für die Rekonstruktion und die Einhaltung der im Vertrag angesetzten Termine seitens ihres Unternehmens abhängig seien. Diese Beschwerde mit der Fußnote »Obiges wird Ihnen zur Kenntnisnahme und Erledigung zugestellt, da die Sache in Ihre Kompetenz fällt« leitete das Sekretariat der Generaldirektion an die SI-Abteilung weiter, was in dem stillen Krieg zwischen dem Sekretariat und der Kaderabteilung einerseits und der SI-Abteilung andererseits eine Art taktischer Zug war, um die Verantwortung auf die erwähnte Abteilung abzuwälzen und ihr auch den Vorwurf nicht zu ersparen, daß sie ihre Arbeit nicht so erledige, wie es sich gehört, so daß sich die Untersuchung endlos in die Länge ziehe.

In der Abteilung wertete man diese Mitteilung jedoch als äußerst wichtig und von großer Bedeutung für die weitere Untersuchung. Daraus folgte, daß Hrabak wirklich gewisse, bisher noch nicht geklärte Gründe hatte, die Rekonstruktion des Gebäudes zu hintertreiben, weil die Angaben, für die sich das Bauunternehmen interessierte, gerade in jenem Plan stehen konnten, der bei der Durchsuchung in seiner Werkstatt in dem Versteck unter dem Zeichen »Lebensgefahr« gefunden worden war und den er vor einigen Tagen in der Gaststätte »Mostar« aus bisher noch unbekannten Gründen einem gewissen Milutin Pecelj gezeigt hatte, einem Mann von zweifelhafter Vergangenheit, von dem nähere Angaben schon der Akte Hrabak beigefügt waren.

14

Hrabak verließ an jenem Tag die Generaldirektion zur gewöhnlichen Zeit, das heißt eine Viertelstunde nach allen übrigen Mitarbeitern, abgesehen von denen, die ihn heimlich verfolgten. Er fuhr nicht, wie üblich, auf dem kürzesten Weg nach Hause, sondern ging zu Fuß bis zum Slavija-Platz, nahm hier die Elf, stieg am Kikevac aus, ging die Gorki-Straße entlang und verschwand in der Šumatovac-Straße hinter einer Tür. Da er mit dem Auto aus geringer Entfernung verfolgt wurde, konnte man diesmal ausmachen, hinter welcher. Sie trug die Hausnummer 27a. Es war ein einstöckiges Haus, und es war nicht schwer festzustellen, wer seine Bewohner waren.

Er hielt sich nicht lange darin auf, höchstens eine halbe Stunde. Als er herauskam, blickte er sich nach allen Seiten um, wie jemand, der Grund hat, sich zu verstecken und sich zu fürchten. Bestrebt, in den nächsten Autobus zu steigen, geriet er mit den an der Haltestelle Wartenden in Streit und dann auch mit anderen Fahrgästen, die nach ihm einstiegen. Er fuhr sie wütend an, sich seiner Schuld bewußt. Er sagte zu ihnen, daß die Zeit gekommen sei, da sich niemand mehr um den anderen kümmere und jeder rücksichtslos seine Ellbogen benutze. Jetzt gelte offenbar die Parole »Sieh zu, wo du bleibst!« Er habe genügend andere vorgelassen und denen geholfen, die zurückblieben, ihm brauche niemand mehr von Menschenfreundlichkeit, Kameradschaft und Opferbereitschaft zu reden, er habe genug davon und so weiter. Er suchte Streit, und die Leute, die das begriffen, schwiegen schließlich, weil sie noch Schlimmeres befürchteten. Am Mostar stieg er aus und ging nach Hause.

Auch dort hielt es ihn nicht. Er machte sich auf dem Hof und im Schuppen zu schaffen und erschien bald darauf mit zwei Paketen unterm Arm – in Zeitungspapier gewickelt und mit Schnur umbunden –, ähnlich dem, das er einige Tage zuvor nach Dedinje gebracht und dem Angestellten einer ausländischen Vertretung übergeben hatte, der inzwischen identifiziert und in Hrabaks Akte mit der Chiffre »D« bezeichnet wurde. Das eine, etwas größere Paket brachte er in dieselbe Villa, wo man ihm sofort öffnete und ihn einließ und wie einen guten Bekannten und gern gesehenen Gast empfing. Mit dem anderen Paket begab er sich dann zum Dedinje-Boulevard und betrat ein neues Haus ohne Nummer, in dem seit einiger Zeit gewisse höhere Funktionäre des Sozialistischen Bundes und auch zwei Mitarbeiter der Generaldirektion wohnten. Wen er in diesem Hause besuchte und in welche Wohnung er das zweite Paket schaffte, war noch nicht bekannt, aber es war nicht allzu schwer, auch das festzustellen. Er ging dann, nachdem er das erledigt hatte, von der Last erleichtert und befreit, in die Gaststätte am »Mostar«. Es war etwa gegen acht, als er dort eintraf. Es dunkelte, und die Kellner begannen schon, den Gästen das Abendessen zu servieren. Es roch nach Rostgebratenem, und an allen Tischen wurde Bier getrunken. Der Tag war warm und schwül, und auch der Abend brachte keine Abkühlung. Kein Lüftchen regte sich von der Save her. Kein Zweig an den Bäumen bewegte sich, die Blätter hingen reglos.

Es war Samstagabend, und in der rechten Fensterecke hatte sich eine Gesellschaft eingefunden, die sich an diesem Tag und zu dieser Zeit regelmäßig hier traf – Handwerker, Meister, Rentner und kleine Angestellte, Bewohner der umliegenden Straßen und Mieter aus den ebenerdigen Vorstadthäusern mit Gärten und schiefen Holzzäunen. Aca Dimić, genannt Bure, Hrabaks Hauswirt, der struppige Mića Pantić, von dem man nicht wußte, womit er sich früher und jetzt beschäftigte, ein gewisser Dule Katić (Dulek), dann Štefan Vojtech, der Schwabe, dann Dimitrije (Dime) Stange und andere. Wie immer wurde Tablanet gespielt, man trank Bier, Schnaps und Gespritzten, und dazu verzehrte man hartgekochte Eier, Käse, Rettich und saure Gurken, weil die Meister und Rentner selten gut bei Kasse waren und sich keine Großzügigkeit leisten konnten. Das Gespräch drehte sich eigentlich um alles und nichts, und meistens wurde mit dem Maschinenschlosser und Hauswart Vojtech, dem Schwaben, Scherz getrieben, der sich schon daran gewöhnt hatte, nichts übelnahm und es sogar vermissen würde, wenn sie damit aufhörten.

Fast alle waren schon versammelt, und der Kellner Mile »Vielfraß«, dessen schwarze Hosen glänzten, als seien sie aus Seidenlüster genäht worden, und der den Auftrag hatte, Hrabak zu beobachten, hatte die Stühle und Gäste so um den Tisch gruppiert, daß für den Meister nur noch ein einziger Stuhl frei blieb, und zwar am vordersten Ende des Tisches, damit er ihn besser im Auge hatte und beim Bedienen hörte, was Hrabak seinen Nachbarn erzählte. Gleich an den nächsten Tisch hatte er eine Gesellschaft junger Männer dirigiert, die vor irgend jemandes Heirat den letzten Junggesellenabend verbrachten. Zwei oder drei von ihnen gehörten den Sicherheitsorganen an und sollten Hrabaks Gespräche von dieser Seite aus belauschen.

Alles war bereit, und man wartete nur darauf, daß der Hauptheld erschien und die Vorstellung begann. Jeder Kartenspieler hatte schon einen Kibitz neben sich, außer Aca Dimić, neben dem der Platz für Hrabak reserviert war, denn man nahm an, daß sich dessen Zunge am ehesten löste, wenn er neben seinem Freund, Nachbarn, Hauswirt und Kompagnon saß. Außer dem Kellner, der schon durch seine Arbeit, sozusagen von dienstwegen, mit der Polizei im Bunde war, hatten noch drei andere in der Runde – durch ihre verschiedenen Verbindungen und voneinander unabhängig – ähnliche Aufgaben. Der erste war Onkel Panta, genannt »Diener«, ein pensionierter Gerichtsgehilfe, jetzt Küster ohne feste Anstellung in der kleinen Kirche am Banovo Brdo und am Topčider-Friedhof. Als ehemaliger Mann des Gesetzes und der Behörde stand er auch mit dem neuen Regime in gutem Einvernehmen und war mit Geistlichen, Mönchen, Betschwestern sowie kranken, unglücklichen, abergläubischen und unzufriedenen alten Menschen befreundet. Er berichtete über seine Gespräche, wie er es gerade brauchte, ging von kirchlichen und religiösen Themen auf zivile und politische über, kritisierte die heutigen Gepflogenheiten und beschimpfte die neue Macht. Die Verbindung zu ihm hielt ein Verkehrspolizist aufrecht, den man ihm scheinbar zwangsweise als Untermieter ins Haus gesetzt hatte, ganz in der Nähe, in einer engen Gasse am Mostar. Er spielte nicht Karten. Er sah nur zu, unterhielt sich auf fremde Kosten und ohne eigenes Risiko, mischte sich ins Spiel ein und konnte so unauffälliger verfolgen und behalten, was am Tisch gesprochen wurde. An diesem Abend hatte er sich neben den schmächtigen und schwindsüchtigen Schuhmacher Dimitrije Stange gesetzt, von dem man nicht wußte, ob letzteres ein Nachname oder ein Spitzname war, und der, kurzsichtig und gebeugt, in die Karten starrte wie in seiner Werkstatt auf die Schuhnähte. Von diesem Platz aus konnte Onkel Panta auch Dimić' Karten sehen, die dieser übrigens auch nicht sehr verdeckt hielt, und zugleich hören, was Hrabak mit seinem alten Kollegen besprach.

Štefan Vojtech hatte nicht so enge Kontakte. Was er von Zeit zu Zeit dem Abschnittsbevollmächtigten berichtete (er war Mieter in dem Gebäude, in dem Vojtech Hauswart war), mutete meistens wie ein freundschaftliches, zwangloses Gespräch an, wie eine intime Plauderei zweier Bürger, die bei einem Schnaps die neuesten Ereignisse erörterten und ein wenig über die Bekannten und Nachbarn klatschten, mit denen sie zusammenkamen und Meinungen austauschten. Wenn er dabei jemanden anschwärzte, sah es aus, als entrüste sich ein anständiger Bürger darüber, daß jemand ungestraft stahl und offen die Volksmacht verleumdete. »Hab ich Ihnen schon erzählt, was gestern passiert ist?« pflegte er seinen wöchentlichen Vormittagsbericht bei einem Kaffee oder einem Gläschen Schnaps zu beginnen, sehr wohl wissend, daß alles, was er sagte, nicht nur so in die Luft gesprochen war, sondern in die Berichte aufgenommen wurde und in gewissen wichtigen Protokollen vermerkt blieb. »Wir sitzen so in der Gaststätte am Mostar, unsere übliche Runde, alles nur Handwerker, Meister und Rentner, als dieser Mann, von dem ich Ihnen schon erzählt habe, dieser Onkel Panta, ein ehemaliger Gerichtsdiener, heute Küster und Friedhofswärter, wieder von der Kirche, von Gott, den Heiligen, dem Patriarchen, den Bischöfen und dem Metropoliten anfängt und auch von einer gewissen Kapelle, die abgetragen wird, weil an dieser Stelle ein Denkmal errichtet werden soll. ›Daraus wird nichts!‹ sagt er, ›Hochwürden hat ihnen nur die Meinung gesagt, da haben sie einen Schreck gekriegt und waren still. Wir haben doch keine Partisanenherrschaft mehr wie nach dem Krieg. Jetzt ist wieder die Zeit da, wo die Kirche geachtet und erst das Gericht gefragt wird. Die Polizei kann jetzt auch nichts mehr mit bloßer Gewalt erreichen!‹ Und wissen Sie – egal ob sie kann oder nicht kann, ob sie darf oder nicht darf –, so geht es hin und her, und Onkel Panta und Meister Hrabak, der Klempner in der Generaldirektion für allgemeine Angelegenheiten, geraten darüber fast in Streit. ›Deshalb‹, sagt er, ›gibt es auch keine Ordnung mehr in diesem Staat. Keiner weiß, was erlaubt und was nicht erlaubt ist. Jeder sorgt nur für sich, und wenn nicht bald wieder Ordnung herrscht, geht noch alles zum Teufel!‹ Übrigens würde es ihm nicht sehr leid tun, sagt er, wenn es dazu käme. Es müßte so etwas wie eine Bombe hochgehen, oder eine neue Revolution – bedenken Sie! – müßte alles erschüttern, so daß wir entweder zu uns kommen oder nichts mehr übrigbleibt!« Und so pflegte er weiter zu tratschen, alles in derselben »Hat er gesagt«-Art, bis er müde war oder bis sein Gesprächspartner es satt hatte, ihm zuzuhören.

Der dritte in der Runde war ein gewisser Stavra Tošić, ein ehemaliger Unteroffizier der Rückwärtigen Dienste, den man wegen finanzieller Unstimmigkeiten schon vor zehn Jahren aus Armee und Partei entfernt hatte und der sich nun als Kassierer einer Filiale der Rentner-Vereinigung betätigte, um sich ein wenig zu rehabilitieren und bei den Behörden einzuschmeicheln. Er berichtete den leitenden Vertretern der politischen und gesellschaftlichen Organisationen des Gebietes von den neuesten politischen Entwicklungen in der Umgebung, und zwar dem Parteisekretär im Klub der gesellschaftlichen Organisationen, damit möglichst viele Menschen sähen, daß sie sich kannten und etwas Wichtiges zu besprechen hatten. Er sprach auch mit dem Sekretär des Sozialistischen Bundes und dem Vorsitzenden der Bezirksvereinigung des Verbandes der Widerstandskämpfer – ganz nebenbei, bei einem Kaffee und beim Schach.

Der vierte schließlich, Aca Dimić, Hrabaks Freund und Hauswirt, leistete diesen Dienst unbewußt, ohne zu wissen, was er tat. Ihn horchte von Zeit zu Zeit, wenn er gelegentlich bei ihm vorbeikam, indirekt sein Schwager aus, ein Zollbeamter, der sich für die politische Situation in der Gegend interessierte und erfahren wollte, wie die neuen Wirtschaftsmaßnahmen, die Gesetze und Reden der führenden Politiker und Staatsfunktionäre von den Kreisen aufgenommen wurden, mit denen Dimić befreundet war, und auch von seinen Nachbarn im Hause, dem Klempner Hrabak und der alleinstehenden Milena Oklobdžija.

15

»Ah, da ist ja endlich der Volksheld!« sagte jemand aus der Runde, als Hrabak das Lokal betrat. »Er läßt uns in Reih und Glied warten, wie ein Oberst, der eine Kaserne inspiziert!« Die Männer mit den Karten in den erhobenen Händen unterbrachen das Spiel und warteten, bis Hrabak neben Dimić Platz genommen hatte. »Heute abend muß begossen werden, was die Zeitungen gebracht haben!«

»Seid gegrüßt!« ließ sich Hrabak kurz vernehmen. »Wie geht's?« fragte er die Spieler, und all denjenigen, die jede seiner Bewegungen beobachteten, entging nicht, wie sich Dimić und Hrabak ansahen und dieser dem anderen zunickte. Onkel Panta, der ihnen am nächsten saß, berichtete, Aca Dimić habe Hrabak gefragt: »Wo warst du denn so lange? Hast du das jetzt erledigt?«, und jener habe ihm geantwortet: »Ja, alles ist in Ordnung!« und habe ihn unter dem Tisch mit dem Fuß angestoßen. Dann wurde natürlich über die Verwüstung in ihrer Werkstatt gesprochen. Man fragte sie, ob sie eine Belohnung für die Ergreifung des Diebes oder wenigstens eine Entschädigung für die durchbrochene Wand, den Zeitverlust und die Schrammen, die sie sich bei der Schlägerei zugezogen haben, erhalten würden. »Entschädigung? Wer wird uns wohl danach fragen?« entgegnete Aca Dimić und sammelte die Karten ein. Hrabak erklärte, man habe ihnen noch nicht einmal den Sack mit der Beute zurückgegeben, da es bei der Polizei hieß, daß dieser dem Protokoll über die Ergreifung des Diebes als Beweisstück beigefügt werden müßte. Man könne sie auch jetzt noch jeden Augenblick zum Verhör und zum Gericht vorladen, mindestens zwei Jahre lang, so lange, wie bei uns solche Prozesse dauerten. Bis dahin würde das Werkzeug im Sack verrosten, und durch den Zeitverlust gehe ihnen mindestens ein Monat verloren. Es wäre besser gewesen, wenn sie die Sache ohne die Polizei abgemacht hätten, sie hätten dem Dieb einfach das Gestohlene abnehmen und ihn wieder laufenlassen sollen. Und von dem, was die Zeitungen geschrieben haben, würden sie auch nur Schaden davontragen. Es sähe nämlich so aus, als besäßen sie eine riesige Werkstatt, und nun könne es passieren, daß man ihnen dafür noch Steuern aufbrummte. Heute früh mußten sie schon einen ausgeben, und nun würden sie das auch nicht abschlagen können.

Aca Dimić hatte bereits eine Lage bestellt, und nun war Hrabak an der Reihe. Er war einverstanden und sagte, daß er sich nicht dagegen sträube – jeder möge trinken, was er wolle –, obwohl alles, was er bisher bezogen habe, die Beule am Kopf sei. Mit der Polizei möchte er nichts zu tun haben, nicht einmal als Zeuge. Im übrigen täte ihm auch der Dieb leid. Er hätte Schläge eingesteckt und säße im Gefängnis, aber es gäbe viel größere Diebe, die ungeschoren in Belgrad umherliefen. »Wenn man bei uns alle einsperren würde, die stehlen, dann gäb es viel weniger Menschen auf den Straßen«, sagte er. Und in allen Berichten, die tags darauf bei der SI-Abteilung eingingen, wurde mitgeteilt, Hrabak habe die Volksmacht beschimpft und bedeutende Persönlichkeiten grundlos beleidigt. Wahrscheinlich habe er die Mitarbeiter aus der Generaldirektion gemeint, wo er arbeite, auf jeden Fall habe er sie als korrupt hingestellt und mit Dieben verglichen. Auf diese Weise sei er bemüht gewesen, im Volk Mißtrauen gegen sie zu säen und eine volksfeindliche und antisozialistische Propaganda zu betreiben.

Mile, der Kellner, der nur Bruchstücke aufschnappte, bemerkte – wahrscheinlich dazu angehalten, es im geeigneten Augenblick einzuwerfen –, die Artikel und Bilder in den Zeitungen würden sicherlich zur Folge haben, daß in dem Betrieb, in dem er arbeite, die leitenden Mitarbeiter auf ihn aufmerksam würden, man werde ihn empfangen und auszeichnen. Aber Hrabak entgegnete, daß die höheren Mitarbeiter nicht mal den Kopf nach ihm umwenden würden, und wenn sie ihn von Zeit zu

Zeit nicht benötigten, damit er Schlösser, Hähne oder die Zentralheizung repariere, so würden sie nicht einmal wissen, daß er in diesem Betrieb schon seit so vielen Jahren arbeite. Auch wenn sie ihn riefen, titulierten sie ihn gewöhnlich nur mit »Meister«, wahrscheinlich wüßten sie nicht einmal seinen Namen und hätten keine Ahnung, daß sich die Zeitungsartikel auf ihn bezögen. »Aber ich sollte nur mal was Schlimmes machen«, sagte er, »die Hauptkasse in der Direktion knacken oder im Keller eine Bombe legen, da würden sie sich sofort auf meinen Namen besinnen. Ich will wegen einer wichtigen Sache schon seit zehn Tagen zum Generaldirektor und bitte ihn um ein Gespräch, aber er kann absolut keine Zeit dafür finden!«

Da mindestens zwei der Anwesenden von ihren Kontaktleuten die Genehmigung erhalten hatten, bei dieser Gelegenheit etwas zu spendieren, bestellten auch sie eine Lage, und als die Stimmung zunahm und die Reden lauter wurden, mischten sich auch die jungen Männer vom Nachbartisch ins Gespräch ein. Es stellte sich heraus, daß auch sie die Nachricht in den Zeitungen gelesen hatten. Sie beglückwünschten die beiden für ihre Zivilcourage und bestellten mit dem Einverständnis der übrigen ebenfalls eine Runde, und dann schlossen sie sich der Gruppe an und rückten die Tische zusammen.

Man ging erst nach Mitternacht auseinander, zuerst Aca Dimić, genannt Bure, den einer der jungen Männer, ein Fußballer, wie er sagte, stützen mußte. Ihnen folgten mit kurzem Abstand Hrabak und sein Schatten, der ihm unterwegs sagte, daß er seinen Sohn aus der ersten Mannschaft gut kenne, und dabei versuchte, dem Meister, der ohnehin angetrunken war, etwas zu entlocken, was die SI-Abteilung interessierte. Er fragte ihn, womit er sich in seiner Arbeitszeit und in seiner Freizeit befasse und welche einheimischen und ausländischen Persönlichkeiten in Belgrad er kenne. Aber als er schließlich gewahr wurde, daß er es mit einem Betrunkenen zu tun hatte, hielt er sich überhaupt nicht mehr zurück und fragte ihn unumwunden und geradeheraus, was er denn in Zeitungspapier gewickelt in Belgrad herumtrage und den leitenden Persönlichkeiten und Angestellten der ausländischen Vertretungen bringe, was er am Vormittag in der Šumatovac-Straße gesucht habe, was die Pläne und Apparate, die in seinem Arbeitsraum gefunden wurden, zu bedeuten hätten, was er dem Genossen Generaldirektor mitteilen wolle und weshalb er so hartnäckig versuche, mit ihm zu sprechen.

Aca Dimić, ebenfalls betrunken, brummte nur etwas vor sich hin wie ein Bär. Hrabak aber hörte nicht darauf, was man ihn fragte, sondern leierte immer wieder ein und dieselbe Geschichte herunter: Was die Zeitungen über ihn schrieben, sei gar nichts gegen das, wozu er fähig sei. Im Krieg habe er viel tollere und gefährlichere Heldentaten vollbracht, aber leider erkenne das niemand an. Auch jetzt könne er viel größere Dinge vollbringen, als einen gewöhnlichen Dieb, einen Hühnerdieb, zu fassen. Vielleicht werde man bald im ganzen Land von ihm reden und ihn viel mehr feiern als heute abend. Dann würden es manche bedauern, die ihn jetzt nicht anerkennen und beachten, weil er nur ein Arbeiter und Klempner war. Mehr konnte man ihm an diesem Abend nicht entlocken.

So stellte sich alles in allem heraus, daß die Berichte und zahlreichen Vermerke, die über dieses Gelage eintrafen, nur dürftige Angaben enthielten. Etwas mehr erfuhr man über Hrabaks politische Einstellung, aber leider in einer nicht sehr glaubwürdigen und wenig objektiven Form. Die ehrenamtlichen Mitarbeiter der SI-Abteilung, die in der Regel wußten, daß man nicht aus Wohlwollen überwacht wird und daß man von ihnen keine Empfehlungen für eine Beförderung erwartete, sondern meistens die Handhabe für eine Festnahme, übertrieben wie in ähnlichen Fällen und paßten ihre Zeugnisse den Zielen des Auftraggebers an oder richteten sich zumindest dabei nach ihren eigenen Kriterien über politische Vergehen und Verstöße. Alle Berichte dieser Pera, Zdera, Panta, Dulek und Schwab ergaben, daß Hrabak an jenem Abend entgegen seiner Gewohnheit viel Geld ausgegeben hatte, als wäre er auf leichte und illegitime Art dazu gekommen, daß er, anderen zufolge, ohne Erlaubnis, ohne Registrierung der Firma und ohne Steuern zu zahlen, Privataufträge ausführe und so viel verdiene, daß er in Gaststätten Lagen spendieren könne, und daß er in seinen Gesprächen, besonders beim Trinken, die leitenden Kader seiner Arbeitsstelle kritisiere, schädliche, antisozialistische und gegen die Selbstverwaltung gerichtete Auffassungen äußere und behaupte, sie grenzten sich von ihren Angestellten ab und lösten sich vom Volk.

In ihren Berichten schwärzten sie sich voller Eifer gegenseitig an, ohne zu ahnen, daß auch andere aus der Tischrunde »Kontakte unterhielten«. So behaupteten sie, sie hätten ähnlich wie Hrabak schädliche und zersetzende Meinungen vertreten oder ihm beifällig zugenickt. Kurz gesagt: Hätte es jemandem gedient, so wäre in diesen Berichten hinreichend Material zu finden gewesen, um mindestens die Hälfte der Beteiligten dieses Abends, einschließlich der vier jungen Männer, die Mitarbeiter der Sicherheitsorgane waren, zur Verantwortung zu ziehen.

»Die Auswertung des Tages und des Abends zeigt, daß sich die Untersuchung zersplittert und uns nicht viel weitergebracht hat«, formulierte der Chef der SI-Abteilung, als er die eingegangenen Berichte durchsah. Es waren, wie bei dem Einbruch in Hrabaks Werkstatt, sogar einige größere Fehler unterlaufen, die beinahe das ganze Unternehmen gefährdet hätten. Er hielt es daher für notwendig, alles, was in den vergangenen vierzehn Tagen erreicht wurde, seitdem die Untersuchung im Fall Hrabak lief, zu rekapitulieren, einen Plan für weitere Aktionen aufzustellen und festzulegen, in welcher Richtung künftig vorzugehen sei.

16

Die Versammlung fand im Büro des Chefs der SI-Abteilung statt. Außer fünf seiner engsten Mitarbeiter waren wegen der Wichtigkeit des Falles, zur besseren Zusammenarbeit mit außenstehenden Dienststellen und wahrscheinlich in der Absicht, die Verantwortung zu teilen, auch zwei Vertreter der Polizei sowie ein Oberinspektor geladen.

Der Chef legte die Geschichte des Falles und die bisherigen Ergebnisse der Untersuchung dar. Nach seiner Ansicht bestätigten die bisherigen Ergebnisse, daß die Entscheidung richtig war, die Voruntersuchung einzustellen, und sie unterstrichen die Einschätzung der SI-Abteilung, daß der Fall Hrabak keineswegs so einfach war, wie gewisse Seiten es wahrhaben wollten. Wieder einmal hatten sich die Grundprinzipien der Arbeit als zutreffend erwiesen, wonach es darauf ankam, niemandem von vornherein zu glauben, sondern alle für gefährlich anzusehen und ernst zu nehmen, bis das Gegenteil bewiesen wurde. Dies sei um so wichtiger, da es sich um die Angestellten einer so bedeutenden Einrichtung wie der Generaldirektion für allgemeine Angelegenheiten handele und vor allem angesichts der Schwäche ihrer Kaderabteilung. Die habe auch in diesem Fall zumindest ihre liberalistischen und pseudohumanistischen Auffassungen erkennen lassen, falls es sich nicht sogar zeigte, daß noch etwas anderes und viel Schwerwiegenderes auf dem Spiele stehe, worauf leider gewisse Indizien hinweisen, auf die im Interesse der weiteren Untersuchung nicht einmal bei dieser Gelegenheit genauer eingegangen werden dürfe.

Schon die ersten oberflächlichen Voruntersuchungen hätten beispielsweise bestätigt, daß durch das Versehen der erwähnten Abteilung in der so heiklen und verantwortlichen Funktion, wie es die Instandhaltung der gesamten Installation ist, eine völlig unüberprüfte Person belassen wurde, von der in den Archiven und Karteien nicht einmal die grundlegendsten Angaben für den Dienstgebrauch existierten und von der – zum Teil auch durch die Nachlässigkeit der SI-Abteilung – nicht einmal eine vertrauliche Akte angelegt worden sei. So konnte dieser ungenügend kontrollierte und unbeobachtet gebliebene Angestellte, der sich überall in der Direktion bewegte, jahrelang dem Betrieb, dem Staat und der Gesellschaft großen Schaden zufügen, um so mehr, als er über die Schlüssel zu allen Räumen verfügte und in alle Büros gelangen konnte, sogar nachts oder feiertags, wenn niemand im Hause war. Über zwanzig Jahre lang, solange er hier beschäftigt war, hatte er genügend Zeit und Gelegenheit, ein Verbindungsnetz von Helfern und Vertrauensleuten zu organisieren und auszubauen und so in der Generaldirektion die Agentur einer fremden Macht oder sogar mehrere Agenturen zugleich zu errichten. Dies lasse das bisher Entdeckte jedenfalls vermuten.

Die ersten Zweifel, die auch zur Weiterführung der Untersuchung Anlaß gaben, wurden durch unvorsichtige Schritte des Verdächtigen erregt, der vor gewisser Zeit eindeutige Zeichen von Nervosität gezeigt hat, so wie ein Kandidat vor einer wichtigen und schweren Prüfung. Der Angestellte, um den es sich handelt, Svjatoslav (Sveta) Hrabak, Monteur, Maschinenschlosser, Klempner und Hausmeister der Generaldirektion, der wahrscheinlich keine Ahnung hat, daß er überwacht wird, und deshalb über alle Maßen dreist geworden ist, schleicht ganz offen in den Sekretariaten und Büros der leitenden Mitarbeiter herum, vor allem beim Generaldirektor, dem Genossen Plećaš, und trachtet danach, um jeden Preis direkt mit ihm in Kontakt zu kommen, weil er ihm etwas mitzuteilen und anzuvertrauen habe, was wichtig, vertraulich und von allgemeinem Interesse sei. All das vollzieht sich besonders auffällig, seit die Arbeiten zur allgemeinen Rekonstruktion begonnen haben, die er unter anderem aus bisweilen noch unbekannten Gründen offenbar zu verhindern oder zumindest zu verzögern sucht.

Schon die ersten Ergebnisse der Untersuchung haben gezeigt, daß nicht einmal der richtige Name dieses Mannes bekannt war, oder aber, daß er sich anscheinend absichtlich unter falschem Namen hat einstellen lassen. So wurde zum Beispiel festgestellt, daß dieser Svjatoslav Hrabak (hier geführt als Sveta) im Ausland geboren wurde, daß sein Vater österreichisch-ungarischer und später wahrscheinlich auch tschechoslowakischer Staatsbürger war, daß allem Anschein nach auch seine Mutter und seine erste Frau ausländische Bürgerinnen waren und sind, was, zusammen betrachtet, auf die Möglichkeit hinweist, daß auch Hrabak lebhafte und wirksame Kontakte zum Ausland unterhält, und diese Annahme wurde schon durch die ersten Voruntersuchungen bestätigt. Besagter Meister, Klempner und Kanalarbeiter korrespondiert tatsächlich mit seinen ausländischen Verwandten, erhält von dort Briefe und Postkarten, und zwar sowohl aus dem Westen als auch aus dem Osten, von seiner Familie oder der seiner Frau sowie von seinem Sohn, einem Fußballer, der vor kurzem die halbe Welt bereist hat.

Die Zusammenarbeit mit ausländischen Diensten vor dem Kriege oder mit der Besatzungsmacht während des Krieges konnte ihm bis jetzt nicht nachgewiesen werden, woraus jedoch nicht geschlossen werden kann, daß es sie nicht gab und daß seine Vergangenheit in dieser Hinsicht makellos und unbelastet ist. Im Gegenteil, aus einigen Beispielen ist bekannt, daß oft gerade solche Leute, die wie der erwähnte Hrabak während des Krieges auch uns gewisse kleinere Dienste geleistet haben, dies nur taten, um ihre Verbindungen zur anderen Seite zu verschleiern und sich bei uns mit Wissen der Besatzungsmacht und ihrer Agenturen soviel wie möglich einzuschmeicheln. Schließlich konnte Hrabak als Vorkriegsbewohner Belgrads und Angestellter einer in jener Zeit angesehenen Institution von früher her auch zu Vertretern der alten Gesellschaft und auch zu politischen Emigranten noch Verbindungen haben und nach dem Krieg die einen erneuern und die andern festigen.

Die Voruntersuchungen, die in dieser Richtung geführt wurden, bestätigten unsere Vermutungen. Außer den Briefen, die zur Zeit noch von unseren Experten für Chiffres und chemische Mittel untersucht werden, wurde entdeckt, daß er allein in jüngster Zeit, das heißt in den letzten vierzehn Tagen, direkte Kontakte zu einigen ausländischen Vertretungen in Belgrad unterhielt, indem er sie aufsuchte und gewisse Pakete übergab, deren Inhalt wir, um unsere Zweifel nicht voreilig preiszugeben und nicht auf den Kreis von Hrabaks Mitarbeitern aufmerksam zu machen, bisher noch nicht ermitteln konnten. Es ist jedoch anzunehmen, daß das in Kürze gelingt, wenn nicht auf andere Weise, so dadurch, daß wir ihn überrumpeln und zwangsweise durchsuchen. Unsere Vorsicht und einstweilige Zurückhaltung hat sich indessen als richtig erwiesen, zumal sich herausgestellt hat, daß Hrabak ähnliche Pakete auch gewissen bedeutenden Funktionären, unter anderm auch höheren Kadern der Generaldirektion für allgemeine Angelegenheiten gebracht hat. In seiner Werkstatt in der Generaldirektion wurde auch eine ganze Liste mit den Namen der angesehensten Vertreter der Öffentlichkeit und Vertretern des kulturellen Lebens entdeckt, die mit Chiffren bezeichnet sind, die wir bisher nicht enträtseln konnten.

Durch Hrabaks Beschattung und die Aufzeichnung seiner Äußerungen wurde festgestellt, daß er sehr kritische Ansichten über die politischen, wirtschaftlichen und sozialen Verhältnisse in unserem Land und besonders über die Mitarbeiter der Generaldirektion vertritt, und schon allein diese Reden könnten als Beweis dafür ausreichen, daß wir in unserer Mitte einen gefährlichen, feindlich gesinnten Menschen haben; zugleich sind sie ein eindeutiges Belastungsmaterial, das ausreicht, um gegen ihn die erste Kampagne in den gesellschaftlichen Organisationen zu starten, um ihn zu isolieren und zu entlarven und danach auf administrativem und gerichtlichem Wege für längere Zeit aus unserer Mitte zu entfernen. Auch die gesellschaftlichen Beziehungen eines solchen Menschen seien nicht viel besser. Er wurde zum Beispiel gesehen, wie er sich mit einem ehemaligen Unteroffizier der Gendarmerie getroffen hat, der vor dem Krieg verurteilt und während der Besatzungszeit Kriegsspekulant und Schwarzhändler war. Jetzt verkauft er Stilmöbel, Kunstgegenstände, unechte Ikonen und Fälschungen alter Meister an ausländische Vertretungen und unsere prominenten Funktionäre. Ihm hat er bei dem heimlichen Treffen anscheinend die Gebäudepläne der Generaldirektion gezeigt und darüber mit dieser fragwürdigen Person längere Zeit diskutiert. Er wurde verfolgt, als er in der Šumatovac-Straße heimlich zu einer Frau ging, die eine überaus anrüchige Vergangenheit und doppelte Staatsbürgerschaft hat und deren Nationalität unklar ist. Sie ist eine professionelle Wahrsagerin, Handliniendeuterin, Kupplerin und Drogenhändlerin. In dem Lokal, das er sonnabends aufsucht, sucht er die Gesellschaft eines Betbruders, eines ehemaligen Gerichtsgehilfen und jetzigen Küsters und Friedhofswärters, der mit den fanatischsten Kirchenkreisen und der schwärzesten Reaktion liiert ist, und trifft sich mit einem ehemaligen Unteroffizier von uns, einem Defraudanten, sowie mit einem Schlossermeister »volksdeutscher« Herkunft, den sie unter sich »Schwabe« nennen.

Zu den wichtigsten, ja sensationellsten Entdeckungen kam es jedoch bei der Durchsuchung seiner Werkstatt im Keller der Generaldirektion. In einem Geheimversteck wurden Skizzen einer explosiven Maschine und auch ihr Modell, beziehungsweise ihr Prototyp, gefunden, handgearbeitet aus Teilen, die an der Drehbank bearbeitet wurden, dann die Pläne für alle Installationen des Hauses, mit Geheimzeichen versehen, und schließlich, als Krönung des Ganzen, ein fast komplettes Funkgerät, allerdings älterer Produktion, aus der Vorkriegs- oder Kriegszeit, das aber nach kleineren Reparaturen senden kann. Die Voruntersuchungen sind im Gange, deshalb hierüber vorläufig nur soviel.

Wie man sieht, wurden in verhältnismäßig kurzer Zeit viele wichtige Umstände aufgedeckt und entwirrt, die schon an sich für ein entschlossenes Einschreiten der Polizei ausreichen würden, wenn nicht die höheren Interessen und die weitere Ermittlung eine gewisse Zurückhaltung verlangten, damit zu einem entscheidenden Zeitpunkt mit einem Schlag die ganze Verbrecherbande aufgedeckt und dingfest gemacht werden kann. Bis dahin werden für die beschleunigte gründliche Untersuchung und entsprechend des bisher Dargelegten folgende Maßnahmen vorgeschlagen:

Das Kundschafternetz um Meister Hrabak und seine unmittelbare Umgebung zu verdichten und in die engsten Kreise seiner Verwandten einzudringen, bei ihnen den Punkt des geringsten Widerstandes zu finden und die schwachen Stellen zu nutzen, die sich in jedem Milieu und in allen, sogar den solidesten Familien finden lassen.

Belastendes Material zu sammeln (weitere biographische Daten, Familiengeheimnisse, persönliche moralische Fehltritte, Verstöße gegen die Gesetzgebung und die Dienstvorschriften, Mißbrauch im ökonomischen Bereich und so weiter), das unseren Organen dazu dienen könnte, auf Hrabak Druck auszuüben, sei es direkt, von seiten der Organe der Sicherheit, oder indirekt, durch die moralische Verurteilung seitens der Öffentlichkeit und der Vertreter der gesellschaftlichen und politischen Organisationen aus dem Milieu, in dem er verkehrt und in dem er lebt, um ihn dadurch in einen so labilen psychischen Zustand zu versetzen, daß seine Achtsamkeit, seine Geschicklichkeit, Spuren zu verwischen, und seine Verteidigungskraft wesentlich gemindert werden. Solche Tatsachen über ihn und seine verbrecherische Tätigkeit aufzudecken, die, ihm vor Augen geführt, ihn in kurzer Zeit vollends daran zerbrechen lassen und ihn eventuell auch dazu bewegen, mit unseren Organen zusammenzuarbeiten, um die ganze Bande aufzudecken und festzunehmen. Denen, die sich mit unserer Arbeit befassen, besonders jenen mit einer längeren Berufspraxis, hoffe ich nicht erläutern zu müssen, daß es keinen Menschen auf der Welt gibt, bei dem sich nicht eine ganze Reihe belastender Umstände finden oder zumindest konstruieren ließe: Familiengeheimnisse, persönliche Schwächen, zufällige unbedachte Äußerungen, übereilte Schritte oder wenigstens böswillige Gedanken und Hintergedanken, durch die man, wenn sie entsprechend bearbeitet und auf bestimmte Weise angeordnet sind, auf jeden Menschen einen moralischen Druck ausüben kann, so unabhängig und sicher er auch ist oder es zu sein scheint.

In diesem Sinne und zu diesem Zweck muß man Hrabak allmählich von dem Milieu, in dem er lebt, isolieren, seine Persönlichkeit untergraben, in ihm ein Gefühl der Unsicherheit hervorrufen, sein Selbstvertrauen erschüttern und andrerseits den Boden für unser härteres Eingreifen vorbereiten, damit es, wenn es sich als günstig und notwendig erweist, für Hrabaks Umgebung keine Überraschung ist, sondern die logische Folge vorangegangener Maßnahmen und geschaffener Umstände. Dabei denke ich an die Zerstörung seiner Autorität in der Familie und seines Ansehens in der Gesellschaft, das heißt hier, in seiner Arbeitsstelle, der Generaldirektion, im Wohngebiet, im Haus, in dem er wohnt, und in der Familie, zu der er gehört. Schon die Untersuchung, die wir gegen ihn unternehmen, hat, so geheim sie auch sein mag, eine Anzahl von Menschen, die mit ihm bekannt sind, zumindest psychologisch und unbewußt von ihm getrennt. Durch die Ausdehnung der Kampagne auf die breitere gesellschaftliche Umgebung, auf Partei, Gewerkschaft und Verband der Widerstandskämpfer und auch auf den Kreis, mit dem er sich in der Gaststätte trifft, auf die Nachbarn in seiner Straße, auf die Mitbewohner im Haus, in dem er lebt, und auf die Freunde, auf die er sich verläßt, müssen wir allmählich erreichen, daß auch sie sich von ihm abwenden, und so in ihm das Gefühl der Vereinsamung und Unsicherheit verstärken. Um das zu illustrieren: häufig Vorladungen, aus verschiedenen Gründen bei den Behörden vorstellig zu werden, Verweise und Tadel von seiten der unmittelbaren Vorgesetzten, fingierte Zusammenstöße mit Arbeitskollegen, Bekannten in der Gaststätte oder Fahrgästen im Bus, Schwierigkeiten und Zwischenfälle bei der Arbeit (Platzen von Wasserleitungsrohren, der Kanalisation oder der Zentralheizungsrohre und so weiter), Revisionen verschiedener Kommissionen in seiner Werkstatt, Vorladungen und Mahnungen der Polizei, des Steueramtes, des Gerichts und der Stadtverwaltung müssen ihn so in Verlegenheit bringen, kopflos machen und einschüchtern, daß er sich wie ein gehetztes Tier fühlt. All die Uniformierten, die sein Haus betreten und verlassen, und die offiziellen Schreiben, die ihm fortwährend zugehen, müssen ihn dermaßen als gebrandmarkten und abgeschriebenen Menschen erscheinen lassen, daß sich alle, auch seine besten Freunde, nach und nach von ihm abwenden und ihn als einen hoffnungslosen Fall und Schwerkranken ansehen, der nicht mehr zu retten ist.

Schließlich muß um ihn auch ein ausgedehnter und verzweigter Abhördienst eingerichtet werden, und zwar im doppelten Sinne, nämlich durch einen Menschen beziehungsweise eine größere Anzahl unserer Vertrauensleute oder für diesen Zweck rekrutierte Mitarbeiter, die jedes Wort von Hrabak nicht nur überwachen und aufzeichnen, sondern die ihm in bestimmten Situationen, sogar in den intimsten, offen oder verhüllt, entsprechend der Umstände auf geeignete Art provokatorische Fragen stellen, vor allem die, auf die wir von ihm eine direkte Antwort erhalten möchten. Und dann, aber nicht minder wichtig, einen Abhördienst mit den entsprechenden modernsten technischen Mitteln, die überall, an jedem Ort, an dem er sich aufhält, und in allen Kreisen, in denen er verkehrt, versteckt angebracht sind. Folgendes ist dabei zu berücksichtigen: Uns interessiert nicht so sehr, was Hrabak uns sagen möchte oder bereit ist uns mitzuteilen und unter Druck bekennt, weil wir das meistens schon wissen oder er uns das aus *irgendeinem Grunde und mit gewisser Berechnung* sogar wissen machen möchte. Uns interessiert vor allem die *Wahrheit*, und sie ist in der Regel gerade das, was man vor uns, vor der ganzen Welt und auch vor sich selbst auf das sorgfältigste geheimhält, das, was wir nur sagen, wenn wir sicher sind, daß uns niemand hört, oder das, was wir laut denken, wenn wir glauben, daß uns niemand hören kann.

Ich brauche nicht besonders zu betonen, daß dafür auch die alterprobten klassischen Mittel wie Geld und Frauen in Betracht kommen. Das eine wie das andere macht sozusagen auch Tote reden, und so bescheiden Hrabak in seinen Wünschen auch sein mag, wie ernst und prinzipienfest seine Moralauffassungen auch immer sind und wie treu er von sich aus oder umständehalber in der Ehe auch sein mag, ist doch schwer zu glauben, daß er, obwohl nicht mehr jung und auch nicht ganz gesund, diesen beiden Versuchungen völlig widerstehen könnte. Noch weniger ist zu glauben, daß seine Frau, bedeutend jünger als er, der Eifersucht, Putzsucht, Verschwendung und auch dem Ehebruch abgeneigt sein könnte.

17

Eine Diskussion fand nicht statt. Die Referenten stellten nur wenige Fragen, vorwiegend technischer Art, klappten ihre Notizbücher zu und gingen davon. Mit dem Chef der SI-Abteilung blieb nur der Oberinspektor zurück, dem Rang nach gewissermaßen sein Vorgesetzter. Für einen Moment herrschte Stille. Der Inspektor steckte sich eine Zigarette an und trat ans Fenster. Das Büro, in dem sie die Besprechung abhielten, befand sich in der obersten Etage des Gebäudes, und von dort aus hatte man eine Aussicht bis zum Saveufer und auf der anderen Seite über die Dächer der öffentlichen Bauten und Wohnhäuser, die vom Gebäude der Direktion mindestens um ein Dutzend Meter überragt wurden. Sie beide waren seit langem Arbeitskollegen, Verbündete im Kampf, Bekannte, ja Freunde. Sie sprachen auch über ganz private Dinge, etwa: wie es den Frauen ginge, was ihre Kinder machten, wohin sie dieses Jahr in die Ferien zu reisen gedächten, wo sie am vergangenen Sonnabend gewesen wären und so weiter, um dann unauffällig zu einer Art außerdienstlichem Gespräch über dienstliche Angelegenheiten überzugehen, nämlich über die Kollegen, Vorgesetzten, die Stellung der einzelnen Bereiche, das Verhältnis der Kaderabteilung zur Sicherheit und dieser zur Polizei und dem Gerichtswesen.

»Gut«, sagte der Inspektor und wandte sich vom Fenster ab, »glaubst du wirklich, Radivoje, daß dieser Fall, von dem kurz zuvor die Rede war, dieser Hrbak oder Hrabak, oder wie er ausgesprochen wird, so wichtig ist, daß man sich so sehr mit ihm befassen muß? Du weißt doch selbst, wie das ist. Sowohl du als auch ich, wir haben genug Erfahrung, Tausende der verschiedensten Akten haben wir durchgesehen und wissen, was man alles darin finden kann. Welchen Menschen man auch immer genauer unter die Lupe nimmt, es zeigt sich, daß es mindestens ein Dutzend Gründe gibt, die ihn verdächtig machen, und mindestens ebenso viele Anlässe, eine Ermittlung gegen ihn in Gang zu bringen. Auch wir beide würden, sofern man unser Leben und unsere Angaben etwas beleuchtete, nicht ganz rein und makellos dastehen. Es gibt bei uns keine städtische Familie, von der nicht mindestens ein entfernteres Mitglied auf irgendeine Art kompromittiert wäre, irgendwelche Verbindungen zum Ausland hätte und gegenüber unserer verzwickten Nachkriegsgesetzgebung einen Fehltritt begangen hätte. Ich möchte sagen, daß nach meiner Erfahrung gerade sie, die sogenannten Makellosen und offenbar Untadeligen, oft gefährlicher sind als die mit einem

›Fleck auf der Weste‹. Bei diesen Sündern, besonders bei denen, die schon durch unsere Hände gegangen sind, gibt es keine Unklarheiten. Wir wissen, mit wem wir es zu tun haben, und auch ihnen ist klar, wem sie gegenüberstehen, wenn wir sie bei einem Vergehen ertappen. Das Verhältnis ist also ganz praktisch und bewährt. Bei den anderen, die sozusagen eine ›reine Weste‹ haben, weiß man jedoch nie, ob sie wirklich so makellos sind oder nur so auf uns wirken und ob nicht gerade sie, weil sie so unauffällig sind, schon von irgendeinem fremden feindlichen Dienst eingestellt und in seine Netze verstrickt wurden. Meinst du daher nicht auch, daß für uns und unsere Arbeit nur schädliche und negative Folgen daraus entstehen könnten, wenn wir uns übermäßig mit diesem Fall beschäftigen, ihm größere Bedeutung beimessen und größere Maßstäbe anlegen, als er in Wirklichkeit wert ist? Außerdem setzen wir einen ungerechtfertigt großen Apparat und umfangreiche finanzielle Mittel für diesen Fall ein, der das vielleicht gar nicht verdient; und nur, weil etwas im Gebüsch geraschelt hat, ziehen wir mit einer kompletten Division und mit allen Waffen ins Feld, und danach, wenn wir das Wild herausgetrieben haben, zeigt sich, daß wir uns vor einer gewöhnlichen kleinen Feldmaus gefürchtet haben und daß, während wir einen ›Wolf‹ auf der Treibjagd verfolgten, die Füchse im Weinberg die Trauben gefressen haben.

Wer ist nicht alles durch unser Land gewandert, und wieviel Winde haben über unsere Erde geweht. Noch vor ein, zwei Generationen gehörten wir zu fast einem Dutzend verschiedener Staaten, mächtige Heere sind hier durchgezogen, und auch wir sind in verschiedene Länder nach Arbeit und Brot gegangen. Ist es dann verwunderlich, daß sich in so vielen Familien bei uns, wenn man nur etwas tiefer gräbt, irgendein Mitglied fremder Herkunft finden läßt? Wir sind ein zu kleines Land, als daß wir uns selbst genügen könnten, kein Kontinent, kein Rußland, kein Amerika. Wir brauchen nur die

Arme auszubreiten oder ein wenig die Beine zu strekken, und schon reicht mindestens ein Körperteil über unsere Grenzen hinaus. Im übrigen weißt du zum Beispiel genau, daß selbst der Generaldirektor Plećaš persönlich einen Onkel in Amerika hat und nicht darauf verzichtet, von ihm Pakete mit Autoersatzteilen und anderen Dingen, die man bei uns nicht kaufen kann, in Empfang zu nehmen. Euer erster Referent hat seine Tochter nach Frankreich geschickt, und ich weiß, daß er ziemlich oft um eine ausländische Vertretung herumscharwenzelt ist, damit ein Stipendium für seinen Sohn dabei herausspringt. Beide bekleiden sehr verantwortliche Positionen und vertrauliche Aufgabenbereiche, die für die Sicherheit unvergleichlich wichtiger sind als die, mit denen sich hier im Keller dieser Habakuk oder Hrabakuk befaßt, den ihr mit solchem Eifer verfolgt. Der eine wie der andere wissen viel mehr über unsere Staatsgeheimnisse und politischen Belange, und wenn sie jemandem etwas sagen wollten, dann hätten sie auch wirklich etwas mitzuteilen. Oder nehmen wir den anderen Referenten bei euch, diesen Francen. Bei ihm könnte selbst Gott nicht sagen, welcher Herkunft er ist. Was hat sich in dieser Familie nicht alles gemischt, zumindest nach dem, was man weiß, ganz zu schweigen davon, was selbst sein Vater – der legitime, dessen Namen er trägt – über seine Mutter nicht einmal wußte. Im übrigen habe große, angesehene Leute in der Regel weitreichende und bedeutsame Beziehungen, die kleinen, nach unserer Erfahrung, dagegen unbedeutende. Was könnte also so ein Pförtner, Schlosser oder Schornsteinfeger wie euer Brabak preisgeben oder Gefährliches anstellen? Hand aufs Herz: Was in euren Safes liegt und bei euch als größtes und streng gewahrtes Staats- und Geschäftsgeheimnis gilt, ist doch im Grunde mehr als harmlos. Es interessiert nicht einmal eure Angestellten, die sich, wie du wohl selbst weißt, nicht gerade dadurch auszeichnen, daß sie aufmerksam die Akten und Rundschreiben des eigenen Betriebs lesen. Kann denn einem ausländischen

Spionagedienst wirklich etwas an diesem Wust von Worten und Phrasen liegen, an dem ihr euch immer nur selbst erbaut? Die Angaben, über die ihr verfügt, sind entweder völlig falsch oder veraltet oder aber so bekannt, daß die Spatzen sie schon vom Dach pfeifen. Was wirklich wichtig und entscheidend ist, erfahrt auch ihr mitunter erst, nachdem ihr die Auslandspresse gelesen habt. Da wir ja selbst wissen, wie gut ihr Geheimnisse wahren könnt, schicken wir euch manchmal auch falsche Angaben her, damit sie über euch als authentisch ins Ausland gelangen.

Und wenn wir das alles wissen, wozu stellen wir dann diesem kleinen, bedeutungslosen Angestellten nach? Und was, wenn sich zeigt, daß er den Ausländern und unseren führenden Persönlichkeiten in seiner Freizeit die Töpfe flickt oder Regenschirme repariert? Natürlich ist es nicht so wichtig, daß ihm im Laufe der Untersuchung einige Unannehmlichkeiten und Schwierigkeiten bereitet werden und er dabei vielleicht auch größeren Schaden nimmt – schwerwiegender ist die Tatsache, daß uns sogar unsere eigenen Referenten, die eben erst das Zimmer verlassen haben, auslachen könnten, weil sie annehmen, daß wir, erwachsene Menschen und langjährige verantwortungsvolle Mitarbeiter, aus Langeweile Murmeln gespielt haben, während der entsicherte Zünder der Bombe unter unserem Haus schon brennt. Du weißt ja selbst, daß sie nur auf die Gelegenheit warten, den Platz, den wir jetzt haben, einzunehmen, und daß es auch außerhalb der Direktion Strömungen und Kreise gibt, die darauf erpicht sind, unsere Versehen und unsere Schwächen auszunutzen, uns als lächerlich, schädlich, unfähig und sogar gefährlich hinzustellen und bloßzustellen. Wenn sie zum Beispiel nur etwas davon witterten, was deine Trottel gemacht haben, als sie in die Werkstatt von diesem Hrabaković eingebrochen sind, oder wie er gleich heißt, würden sie so ein Theater machen, daß uns die ganze Stadt auslachen würde und mindestens noch das halbe Land dazu. Sie würden sagen:

Sieh mal an, womit sich unsere Kundschafter befassen! Anstatt Diebe und Spione zu fassen, brechen sie in fremde Schuppen ein, und das auch noch so ungeschickt und laienhaft, daß sie sogar bei Kriminellen in die Lehre gehen könnten. Oder es würden sogar in den Zeitungen Artikel darüber erscheinen, wie wir uns über die Gesellschaft erheben, alles und jeden unbegründet verdächtigen, sogar klassenbewußte Arbeiter und friedliche Bürger, wie wir Gewalt und ungesetzliche Methoden anwenden und dadurch eine Gefahr für die ganze Gesellschaft bilden, die dringlichst geschützt werden muß, indem man uns in die Schranken weist und unsere Aktionen in streng abgegrenzte gesetzliche Formen bringt.

Entschuldige, wenn ich mich in deine Angelegenheiten einmische, aber ich glaube, es ist besser, wenn ich dir das sage, als daß du's von anderen hörst. Schon bevor ich hierherkam, wußte ich, wovon hier die Rede sein würde. Der Sekretär sagte mir: ›Sie haben eine Einladung zur Beratung der SI-Abteilung in der Generaldirektion für allgemeine Angelegenheiten. Dort werden seit einiger Zeit die Kellerräume umgebaut, und es scheint, man will dort auch Mäuse fangen. Eine haben sie schon von ihrem Lager aufgescheucht, und jetzt ist der ganze Sicherheitsapparat der Direktion auf den Beinen, um sie zu fassen. Offenbar brauchen sie dazu auch Ihre Hilfe!‹ Ich bin absichtlich hergekommen, damit die ganze Sache ernster und schwerwiegender aussieht. Nur weil ich weiß, daß du ein alter Fuchs bist, daß du, wie man so sagt, nicht auf den Kopf gefallen und nicht darauf versessen bist, einen kleinen Gauner zu jagen, möchte ich jetzt, da wir allein sind, von dir hören, worum es hier eigentlich geht und was du mit dieser ganzen Geschichte vorhast.«

Er setzte sich wieder an den Tisch, schlug ein Bein übers andere und steckte sich eine neue Zigarette an, womit er demonstrierte, daß er nicht zu gehen gedachte, solange er nicht die Antwort bekam, die er verlangte.

»Bestell uns jedem noch einen Kaffee!« bat er.

»Also, sieh mal«, begann der andere, nach einem Weg suchend, wie er das, was er zu sagen beabsichtigte, darlegen sollte. »Vor allem muß gesagt werden, daß wir und unsere Organe die ganze Sache nicht eingerührt haben. Der Generaldirektor persönlich hat eine Auskunft über Hrabak verlangt, und damit hat alles begonnen. Die Leute aus der Kaderabteilung behaupteten, sie besäßen über ihn nicht einmal die grundlegendsten Angaben, und beeilten sich sogleich, den ganzen Fall und auch die ganze Verantwortung auf uns abzuwälzen, so daß uns gar nichts weiter übrigblieb, als den zugeworfenen Ball aufzufangen und die Ermittlung in unsere Hände zu nehmen, unter anderem auch deshalb, damit es nicht so aussehen sollte, als hätten sie vor unseren Augen einen Verbrecher entdeckt. Der ganze Fall wurde uns also aufgezwungen, wir mußten uns schützen und waren auf einmal in der Defensive. Wir konnten die Lage jedoch rasch neutralisieren und selbst zum Angriff übergehen, und im Laufe der Voruntersuchungen gelangten wir zu Ergebnissen, mit denen wir mindestens drei der wichtigsten Mitarbeiter der Direktion belasten könnten, auch den Leiter der Kaderabteilung. Und allem Anschein nach, so wie die Dinge liegen, könnten wir in diese Sache auch fast die gesamte Leitung der Direktion bis zum Generaldirektor Plećaš persönlich hineinziehen. All das versetzt die bisher gering geschätzte SI-Abteilung schon allein durch das Ausmaß und die Bedeutung der Affäre – noch bevor wir auch nur die geringste Andeutung gemacht haben, das gesammelte Material zu nutzen – in eine günstigere Lage. Auch Ärzte sind desto wichtiger und geachteter, je schwerer die Krankheit und je gefährdeter der Kranke ist. Man lädt uns nun zu allen Kollegiumsberatungen ein, fragt uns nach unserer Meinung und nach Dingen, zu denen wir im Grunde nichts Wesentliches zu sagen haben. Auch in den persönlichen Beziehungen geben sie sich uns gegenüber auf einmal äußerst höflich und entgegenkommend.

Natürlich hast du recht, wenn du annimmst, daß dieser Hrabak – so heißt er nämlich – nur eine nebensächliche Person in der ganzen Angelegenheit ist. Er ist nur ein Detail, mit dem wir uns nicht lange abgeben würden, wenn es nicht auch andere Gründe und wichtigere Anlässe gäbe. Wir würden ihn entlassen, ihm eine Arbeit außerhalb der Direktion verschaffen, bei den Klempnern und Kanalarbeitern der Stadtverwaltung zum Beispiel, oder würden ihn auch festnehmen, wenigstens für kurze Zeit, um ihn durchzuschütteln und ihm einen tüchtigen Schreck einzujagen, und er würde uns auch sofort sagen, was er beim Abendbrot oder beim Frühstück gedacht hat. Da nun aber ein Kampf mit uns entbrannt ist, gehört es sich, daß wir mit diesem Fall auch ein bißchen großtun. Das Ganze ist zu einer Prestigefrage geworden – wir können und dürfen jetzt nicht zurückweichen, sondern sind, wie bei jedem Kampf, gezwungen, mit dem zuzuschlagen, was wir in der Hand haben, ohne lange zu wählen. Durch den ›Fall Hrabak‹ können wir zum Beispiel nachweisen, wieweit das Gefühl für Verantwortung und Wachsamkeit in der Direktion verlorengegangen ist und welch zersetzender Liberalismus sich in der Kaderabteilung breitgemacht hat, wenn sie uns mitten in die Generaldirektion einen ungeprüften Mann setzten, einen Agenten fremder Dienste und vielleicht sogar einen Terroristen, und ihn erst vor vierzehn Tagen, als die Untersuchung schon im Gange war, auch noch beförderten und auszeichneten. Das Netz, das Hrabak, der schon längere Zeit ungehindert sein Spiel treibt, wahrscheinlich über die ganze Direktion ausgebreitet hat, macht eine Art Ausnahmezustand notwendig, bei dem, wie zum Beispiel im Kriegsfall, unsern Organen außerordentliche Befugnisse und auf jeden Fall höheres Ansehen und größere Bedeutung zuteil werden. Darunter sind auch die Stellung ihrer leitenden Kader und die Dienstbezüge ihres Personals zu verstehen. Ich bin sicher, du billigst das, wenn du auch von den Interessen des ganzen Sektors ausgehst, von dem wir hier in der Direktion nur ein begrenzter, aber auch nicht unwichtiger Teil sind.

Ich gebe zu, es sind auch berufliche Leidenschaften im Spiel, eine Art Jagdfieber gewissermaßen. Wenn wir schon dazu berufen sind, die allgemeinen Interessen zu schützen und die Arbeit, für die wir bezahlt werden, gewissenhaft zu erledigen, dann müssen wir auch etwas tun. Und wenn wir etwas jahrelang tun, dann wird es uns zur zweiten Natur, ganz davon abgesehen, daß jede Arbeit leichter und angenehmer wird, wenn wir sie gern und mit Hingabe erledigen. Außerdem, sieh mal, hat sich dieser Fall Hrabak, der so unbeabsichtigt aufs Tapet gebracht wurde, auch als viel komplizierter erwiesen, als man es auf den ersten Blick sagen würde, und vielleicht auch als viel ernster, als er dir und mir in diesem Augenblick vorkommt.

Tatsache ist, daß er viele Dinge aus seiner Vergangenheit aus irgendwelchen Gründen verheimlicht. Dabei ist etwas unklar, was wir bis jetzt noch nicht zu enträtseln vermochten. Ich habe eben den ganzen Fall dargelegt und vielleicht auch ein wenig die Tatsachen frisiert und übertrieben, aber es steht fest, daß dieser Hrabak wirklich einige Beziehungen zu verdächtigen Kreisen unterhält, was bei ehrbaren Leuten und rechtschaffenen Handwerkern nicht gerade üblich ist, wenn sie auch eine kleine unbedeutende Welt sind, die miteinander befreundet ist. Daß man unter seinen Leuten die Obrigkeit kritisiert und verleumdet, ist eine ziemlich verbreitete Erscheinung, aber wir haben manche auch schon für geringere Dinge bis zu einem Jahr ins Gefängnis gesteckt. Ich verstehe, daß er die Gebäudepläne besitzt und vor den anderen versteckt. Er braucht sie als Handwerker, der für die Installationen verantwortlich ist. Andere haben ihre Exemplare längst verloren oder vernichtet. Aber was besagen die Zeichen darauf, und weshalb zeigt er diese Pläne auch gewissen zweifelhaften Typen in dem Lokal am Mostar? Was stellen die Skizzen und der Prototyp der Maschine dar, deren Zweck auch unsere besten Maschinen- und Elektroexperten noch nicht enträtseln konnten, und weshalb versteckt er sie so sorgfältig in dem schlau ausgedachten Versteck zusammen mit einem fast kompletten Funkgerät ausländischer Produktion, was, du gestattest doch, durchaus nicht naiv ist! Lassen wir beiseite, daß er hier in der Werkstatt und bei sich zu Hause aus Eisenrohren und Kügelchen irgendwelche verdächtigen Gegenstände herstellt, die nach Bomben und Höllenmaschinen aussehen, und zwar aus volkseigenem Material, das allerdings schon verbraucht und zum Abfall geworfen wurde, und daß dieser, wie du sagst, kleine, unbedeutende Mann fast zu all unseren Funktionären oder deren Frauen Verbindungen unterhält, sie besucht und ihnen irgendwelche Sachen bringt, von denen wir noch nicht wissen, was und woraus sie sind. Auf jeden Fall sind es keine Töpfe und auch keine reparierten Regenschirme! Wichtiger ist, daß er noch immer den Generaldirektor sehen und sprechen will – ein Umstand, durch den übrigens die ganze Affäre, mit der wir uns zu befassen haben, heraufbeschworen wurde.

Wir glaubten zuerst, daß er sich über seine Stellung und seinen Lohn beschweren will. Das haben wir in Ordnung gebracht, soweit es gegenüber den anderen zu vertreten war – aber auch danach hat er sein Vorhaben nicht aufgegeben! Wir haben angenommen, daß er vielleicht einer von diesen Verrückten ist, die glauben, ein System für die Sicherung des ewigen Friedens gefunden zu haben, daß er die Welt verbessern oder in der Generaldirektion die Arbeit rationalisieren und effektiver machen will. Aber soviel wir bisher gesehen haben, scheint das nicht der Fall zu sein. Und es handelt sich auch nicht um einen Antrag auf eine Wohnung, die Unterbringung für den Sohn oder einen Sanatoriumsplatz für die Tochter, weil wir ihn wissen ließen, daß wir bereit wären, ihm das alles zu gewähren, ohne daß sich der Generaldirektor dafür verwenden müsse. Er aber besteht trotz alledem immer noch darauf, sich nur ihm anzuvertrauen und sich nur mit ihm auszusprechen. Also hat er ihm etwas mitzuteilen, was er uns nicht wissen lassen will und aus bestimmten Gründen verheimlicht. Vielleicht ist es eine Beschwerde über unsere Angestellten oder über jemanden, den wir schützen, oder über einen bestimmten Mißstand in der Arbeit unserer Organe. Möglicherweise will er auch nur auf eine größere Veruntreuung oder irgendeinen Mißbrauch in der Generaldirektion hinweisen, wozu in erster Linie wir verpflichtet wären, weil wir dafür eingesetzt sind und dafür bezahlt werden. Aber ob es sich nun um den größten Unsinn oder um eine wichtige und auch verhängnisvolle Angelegenheit handelt – wir können es nicht zur Praxis werden lassen, daß sich jeder Hinz und Kunz ohne weiteres an wichtige und verantwortliche Persönlichkeiten wendet, wenn wir verhindern wollen, daß die Rangfolge durcheinandergebracht wird und sich völlige Anarchie in der Arbeit breitmacht. Es ist unter anderem unsere Aufgabe, für diese hochgestellten Leitungskader das ungesäuberte Rohmaterial zu bearbeiten und zu filtern – wenn nicht aus andern Gründen, so doch, um sie davor zu bewahren, daß sie sich den Magen überladen oder verderben, ungefähr so, wie wir es auch mit dem Wasser machen, bevor wir es als Getränk servieren. Deshalb möchten wir unter anderem von Hrabak selbst hören, was er dem Generaldirektor Plećaš zu sagen hat und weshalb er es vor uns verbirgt.«

»Nun gut, weshalb fragt ihr ihn dann nicht selbst? Vielleicht wartet er nur darauf und sucht eine Gelegenheit, einem der Verantwortlichen zu sagen, was er auf dem Herzen hat. Vielleicht wäre er auf den geringsten Druck von eurer Seite dazu bereit!«

»Dragoljub, um Gottes willen! Wenn wir ihn fragen und er uns antwortet – woher sollen wir wissen, ob es wirklich das war, was er dem Generaldirektor sagen wollte, oder nur das, was er *uns* gegenüber für nötig hielt, mitzuteilen? Um das mit Bestimmtheit zu erfahren, müßten wir herauskriegen, was er denkt, und um herauszukriegen, was er denkt, müssen wir wissen, worüber er mit sich selber spricht, wenn er allein ist. Du mußt schon gestatten, aber es ist zum Beispiel nicht dasselbe, ob er den Generaldirektor darauf aufmerksam machen will, daß unser Gebäude mit uns allen in die Luft fliegen kann, oder ob wir uns selbst vergewissern, daß das, was er mitteilen möchte, sich tatsächlich ereignen kann und eine wirkliche unmittelbare Gefahr darstellt. Bei unserer Arbeit stellen wir die kompliziertesten Kombinationen an, auf längere Sicht und mit vorübergehenden Opfern – es ist genauso, als wollten wir jemanden beim Schachspiel matt setzen. Vielleicht hat seine Mitteilung gerade den Zweck, unnötige Verwirrung zu stiften, damit er und der Dienst, für den er arbeitet, sie für ihre Zwecke ausnutzen können. Vielleicht sollte man solche Verwirrung auch vortäuschen, um diejenigen auf frischer Tat zu ertappen, die das aus gewissen Gründen verdienen ... und so weiter. Ich will hier nicht alle möglichen Kombinationen darlegen, die man ersinnen könnte. Es wäre jedenfalls viel leichter und einfacher, wenn man alles, was gesagt wird, für bare Münze nehmen könnte. Dann gäbe es keine Täuschung, keine Verschwörung, keinen Ehebruch, keine Lüge und keinen Verrat. Und auch keine Polizei und keinen Abwehrdienst, verstehst du? Wir müssen das hüten, wovon wir leben. Ist es so?«

18

Seit einiger Zeit wurde Hrabak abgehört, mit verschiedenen Mitteln und auf verschiedene Art. Mit Hilfe von Zeugen, wenn er sich mit Bekannten und Freunden im Lokal oder mit Kollegen und Angestellten in den Gängen und Räumen der Direktion unterhielt, aber auch mit anderen, geheimen und vervollkommneten Mitteln, wenn er ohne Zeugen, vertraulich und intim mit seinen Nächsten sprach, zum Beispiel mit seiner Frau, seiner

Tochter, seinem Sohn oder sogar mit sich selbst, ohne auch nur zu vermuten, daß ihn jemand hörte. Er wurde abgehört, wenn er das Bedürfnis hatte, sich mit anderen auszusprechen, und auch dann, wenn man ihn mit Fragen zum Sprechen bringen und die Worte wie mit der Zange aus ihm herausziehen mußte.

Ganz unverhofft und unerwartet, sozusagen über Nacht und zu einem Zeitpunkt, da man schon nicht mehr damit rechnete, wurde Hrabak gerade in jenen Tagen eine schöne Zweizimmerwohnung im Stadtzentrum zugeteilt, in einem Haus, das nur für leitende Mitarbeiter der Generaldirektion bestimmt war; und zwar geschah dies, obwohl ihm kaum anderthalb Monate zuvor ein Antrag abgelehnt worden war, indem er um die Hauswartstelle und eine kleine Kellerwohnung in ebendiesem Haus ersucht hatte. Im Zuge seiner Beförderung und Lohnerhöhung wurde ihm erklärt, man habe eingesehen, daß ihm gegenüber seit Jahren gesündigt worden sei, daß er ungerechterweise zurückgesetzt und daß die nun getroffene gemeinsame Entscheidung der Direktion und der Gewerkschaftsleitung dazu diene, das Versäumte wiedergutzumachen. Hrabak schlug das Angebot nicht ab, nahm es aber erstaunlicherweise auch nicht gleich an. Er fragte sich, ob eine solche Wohnung auch seinen bescheidenen materiellen Möglichkeiten und Bedürfnissen entspräche. Wenn man ihm das gegeben hätte, worum er ersucht habe, wäre es etwas anderes gewesen: Er hätte eine kleine und viel schlechtere Wohnung bekommen, aber dafür fast umsonst. Im Keller hätte er sich eine Werkstatt eingerichtet, und bei der Instandsetzung der Zentralheizung hätte er sich etwas hinzuverdienen können. Außerdem wäre seine Frau nachts für die Haustür zuständig gewesen und hätte dabei manchen Dinar einstreichen können. Er wolle erst mit ihr beraten, sagte er, und obwohl man ihn drängte, sich zu entscheiden, ihm sogar drohte, er würde die Gelegenheit verpassen, wenn er das Angebot nicht sofort annähme und die Wohnung beziehe, verschob er seine

Entscheidung bis zum Herbst. Bis dahin wollte er seine finanziellen Verhältnisse regeln, einige Sachen verkaufen und die Tauben, die er auf seinem Hof hielt, verschenken.

Danach erschienen eines Tages in seiner Wohnung in der Požeška-Straße mehrere Postangestellte in Begleitung des Hauptdispatchers der Generaldirektion, um ihm ein Telefon zu installieren, das er gar nicht beantragt hatte. Ihm wurde erklärt, das Ganze geschähe auf Anordnung der Direktion und auch auf deren Rechnung, denn der Monteur und Klempner einer so wichtigen Institution müsse in ständigem Kontakt mit dem Betrieb stehen für den Fall, daß dort irgendeine Störung eintrete, zumal jetzt, da die Rekonstruktion des ganzen Hauses im Gange sei, besonders am Fundament und in den Kellerräumen, in denen die wichtigsten Installationen und Leitungen untergebracht sind, die ohne seine fachmännischen Ratschläge und Hinweise versehentlich beschädigt oder sogar durchgetrennt werden könnten. Man teilte ihm mit, daß er nicht verpflichtet sei, seine Gespräche – nicht einmal die privaten! – zu bezahlen, weil es sich um einen Dienstapparat handele. Dann verlegten die Handwerker durch die bröckligen Wände seiner armseligen Behausung die Schnüre und Leitungen in die Küche, ins Zimmer und sogar in die Speisekammer und bis zum Klosett im Hof. Anschließend schickte man die Maler zur Renovierung.

Hrabak sah nun erst recht keinen Grund, die Wohnung zu wechseln, und seitens der Direktion drängte man ihn seltsamerweise auch nicht mehr dazu – sie brauchten die neue Wohnung nicht mehr! Man konnte jetzt abhören, und die aufgenommenen Tonbänder in der Abhörzentrale häuften sich dermaßen, daß die Stenotypistinnen den ganzen Tag abzuschreiben hatten, was Hrabaks mitteilsame Frau, plötzlich im Besitz eines Telefonapparats, ihren Bekannten in der Stadt erzählte. Drei Angestellte der SI-Abteilung wurden eingesetzt, um aus der Fülle des Materials und dem privaten Geschwätz und Klatsch der Handwerkersfrau das auszusondern, was für die Untersuchung von Bedeutung sein könnte.

Wichtiger als diese Telefonaufzeichnungen waren die Aufnahmen der Gespräche zwischen Hrabak und seiner Frau, zwischen Hrabak und seinem Kollegen und Hauswirt Aca Dimić, genannt Bure, wenn sie zusammen im Schuppen arbeiteten, die Streitereien mit der Mieterin Milena Oklobdžija, die Unterhaltungen mit Bekannten und zufälligen Besuchern sowie seine Selbstgespräche, wenn er nach einem Seufzer oder Fluch das Bedürfnis hatte, sich selbst gut zuzureden.

Es zeigte sich, daß Hrabak in all diesen Situationen seine schon bekannte kritische Einstellung zu den Verhältnissen im Lande und überall in der Welt sowie zu einigen Erscheinungen aus dem täglichen Leben erkennen ließ, je nachdem, mit wem, worüber und wie lange er sprach, ob über die Preise auf dem Markt, die Löhne der Arbeiter und die Arbeitsbedingungen, die Nachlässigkeit und den Schlendrian der Stadtverwaltung und ihrer Organe, über die schmutzigen Straßen und den Stadtverkehr, das Radio- und Fernsehprogramm, das zügellose Benehmen der Jugend, die zunehmende Kriminalität, den Mißbrauch und die Privilegien, die ungesetzliche Bereicherung einzelner und die immer geringere soziale Gerechtigkeit, je weiter der Krieg zurücklag. Aus alldem sprachen Zweifel an der Richtigkeit und der gesellschaftlichen Rechtfertigung der jüngsten und ökonomischen Maßnahmen sowie die längst überwundenen Auffassungen aus der Zeit des ersten, noch primitiven und unentwickelten Sozialismus nach dem Kriege, falsche Auffassungen von der gesellschaftlichen Gleichheit derjenigen, die weniger wissen, und jenen, die durch ihr größeres Wissen und höhere Qualifikation mehr für die Gesellschaft leisten.

In gewissen Augenblicken nahm Hrabaks allgemeine Unzufriedenheit auch die konkrete Form einer scharfen persönlichen Kritik an einzelnen Mitarbeitern der Generaldirektion an, auch an dem Generaldirektor persönlich, der ganz vergessen habe, daß er selber auch mal ein gewöhnlicher, körperlich arbeitender Mensch gewesen war; er habe sich an Komfort und Luxus gewöhnt und distanziere sich nun von seinen ehemaligen Genossen, mit denen er nicht einmal sprechen wolle und die er offenbar nicht mehr kenne. So ging es weiter, bezogen auf die Referenten des Direktors und alle Abteilungsleiter, und alles wurde durch konkrete Beispiele belegt. Diese Bemerkungen wurden für den Bedarf der SI-Organe in mehreren Exemplaren abgeschrieben, besonders eingeteilt und in die entsprechenden Hefter jener, von denen sie handelten, eingeordnet. Zum Beispiel: »Generaldirektor Plećaš fordert ständig von den Betriebshandwerkern, auf Kosten der Direktion in seiner Privatwohnung Reparaturen auszuführen und solche Dienstleistungen auch für seine Freunde und Bekannte zu erledigen, auch für dieselben Leute, zu denen Hrabak schon vor dem Krieg gegangen ist, um die Zentralheizungen in den Villen in Dedinje in Ordnung zu bringen. Plećaš hat innerhalb kurzer Zeit fünfmal die Wohnung gewechselt, soviel er, Hrabak, weiß, weil er in allen Reparaturen ausgeführt hat. Keine war ihm groß oder schön genug, vor allem nicht seiner Frau. Hrabak hat ihm auch das Auto repariert, mit dem Plećaš' Sohn betrunken gegen einen Mast gefahren ist, ebenso die Kühlschränke und Waschmaschinen, die zollfrei eingeführt wurden.« Fast in der gleichen Art und Weise äußerte sich Hrabak über alle anderen Mitarbeiter, so zum Beispiel über Vitaš, den ersten Referenten des Generaldirektors, den er eines Nachmittags mit der Sekretärin auf dem großen Bürotisch überrascht habe, über den Chef der allgemeinen Verwaltung, der Zigaretten rauche und teure ausländische Spirituosen trinke, die nur für Repräsentationszwecke bestimmt wären, über Bastac, den zweiten Referenten des Generaldirektors, der vor Hrabak und allen übrigen unteren Angestellten ohne Scheu und rückhaltlos all seine Kollegen kritisiere und verleumde und dabei selbst vor dem Generaldirektor nicht halt mache. Er sprach über den Chef des Wirtschaftssektors, von dem er behauptete, er nähme bedenkenlos von fremden Firmen Geschenke an, und über den Chef der SI-Abteilung selbst sagte er zu dessen nicht geringer Bestürzung, in der Direktion sei bekannt, womit er sich in Wirklichkeit befasse; seiner Stellung nach sei er eine der wichtigsten Persönlichkeiten der Direktion, und durchweg alle hätten vor ihm Angst, selbst der Generaldirektor hüte sich, seine Gunst zu verlieren. In diesem Teil von Hrabaks Äußerungen war auch von den nicht gerade löblichen Gewohnheiten und dem Benehmen des Chefs die Rede; zum Beispiel wurde erwähnt, daß er sich die Nase mit der Hand schneuze und die Finger an den Rippen der Heizungskörper abstreife. Diese Teile riß der Chef aus der Abschrift heraus. Er zerschnitt auch das aufgenommene Band, vergaß aber, daß mindestens zwei seiner Mitarbeiter die Kopien dieses Berichts unter ihren Papieren verborgen hatten.

19

Alle Berichte, angefangen von dem Tag, da die Untersuchung gegen Hrabak aufgenommen worden war, begannen mit der charakteristischen und schon stereotypen Einleitung:

»Hrabak hat erneut versucht, mit dem Generaldirektor in Kontakt zu treten, und bei dieser Gelegenheit erklärt: ›Ich möchte, daß er mich anhört, wenn es auch nur zwei Minuten sind!‹« Oder: »›Ich muß ihm etwas Wichtiges mitteilen. Wann kann ich endlich mit ihm sprechen? Ich habe ein Recht darauf, obwohl ich nur ein kleiner Angestellter bin!‹« Oder: »›Niemand hört mich an, wenn ich etwas sagen möchte, aber ich wette, wenn ich was kritisiere oder in der Wut dahersage, was ich sonst gar nicht zu denken wage, dann hören mir mindestens drei Leute zu und hinterbringen es der Leitung. Und gerade diejenigen, die ich vergebens um Gehör gebeten habe, würden mich auf der Stelle zur Verantwortung ziehen!‹«

»Was ich ihnen sagen möchte, darauf hören sie nicht, aber was sie nicht wissen sollen, das hören sie immer!« sagte er einmal, und der Chef der Sicherheitsabteilung, der diese Bemerkung in den Berichten las, fragte sich unwillkürlich, ob Hrabak vielleicht wußte, daß er abgehört wurde. Genau konnte er sich diese Frage selbst nicht beantworten. Der Meister erschien ihm nun viel schlauer und gewandter, als er zu Beginn der Untersuchung gedacht hatte.

Da Hrabak es darauf abgesehen hatte, mit dem Generaldirektor zu sprechen, beschrieb er auch Zettel mit geheimnisvollen Notizen, die er auf dem Tisch liegenließ: »Ich habe Ihnen etwas Wichtiges mitzuteilen. Bitte empfangen Sie mich. Ich komme sofort, wenn Sie mich rufen lassen!« Danach schrieb er auch Briefchen, die Vorwürfe enthielten: »Ich melde mich erneut bei Ihnen zum Rapport in der Hoffnung, mit Ihnen sprechen zu können, bevor es zu spät ist. Anderenfalls lehne ich alle Verantwortung ab!« Oder: »Ich bin gezwungen, mich auf diesem Weg an Sie zu wenden, weil mich Ihre engsten Mitarbeiter daran hindern, direkt zu Ihnen zu kommen und Ihnen gewisse wichtige Dinge mitzuteilen, die Sie persönlich und die Direktion betreffen.« Aber auch diese Liebesbriefe, wie sie Gymnasiasten heimlich ihren Auserwählten zukommen lassen, erhielt der Genosse Plećaš nie. Die Sekretärin, die jeden Morgen vor seiner Ankunft eine neue Kalenderseite umblätterte, bemerkte den ersten Zettel zwischen den Seiten, und nachdem sie dies der SI-Abteilung gemeldet hatte, suchten Mitarbeiter dieses Ressorts nach ihnen und entfernten sie, sobald sie sie unter dem Telefonapparat, dem Aschenbecher oder dem Briefbeschwerer fanden.

Hrabak war hartnäckig, er gab nicht leicht auf – dafür zeugten die vielen beschlagnahmten Zettel in seiner Akte. Da er keine Antwort erhielt, kam ihm die Idee, sie mit der Post an die Wohnadresse des Direktors zu schikken, doch die SI-Abteilung, die diesen Zug voraussah, errichtete auch hier ihre Kontrolle und sonderte bei der Durchsicht der Post Hrabaks Briefe aus, was übrigens nicht schwer war, weil Hrabak einfache blaue Bürokuverts benutzte und seine Handschrift ungelenk und dadurch sehr auffällig war. Die Mitteilungen, die er bisweilen den Referenten des Direktors und auch einigen Abteilungsleitern sandte, erreichten zwar ihr Ziel, doch die Empfänger wußten, daß sich die SI-Abteilung für Hrabak interessierte und übergaben sie ihr auf der Stelle. Außerdem wiesen sie ihre Sekretärinnen an, Hrabak nicht zu ihnen vorzulassen. Diese wußten auch ohne diese Erläuterungen, worum es sich handelte, mitunter noch besser als ihre Chefs, und so wollte in der Direktion schließlich niemand mehr mit Hrabak sprechen, während zur gleichen Zeit – die erhalten gebliebenen Aufzeichnungen zeigten das deutlich – mindestens drei Dutzend Menschen aufgeboten waren, jedes seiner Worte zu belauschen und jeden seiner Schritte zu verfolgen.

Vorsichtshalber wurde jedoch entschieden, Hrabak auch offen mit möglichen Strafen zu drohen, falls er nicht aufhöre, die Direktionsleitung zu belästigen, damit er nicht etwa im Korridor, auf der Treppe oder vor dem Haus dem Direktor in die Arme lief und ihm trotz aller Schutzmaßnahmen einen seiner Briefe zusteckte. Die Aufgabe fiel dem stellvertretenden Leiter der Kaderabteilung zu.

»Setzen Sie sich, Genosse Hrabak«, sagte er und bot dem Meister Zigaretten und Kaffee an. »Sie wurden vor einigen Tagen befördert und haben eine beträchtliche Lohnerhöhung mit Wirkung vom ersten Januar bekommen, also fast für das ganze zurückliegende Jahr. Soweit ich informiert bin, hat die Wohnungskommission endlich Ihrem Antrag stattgegeben und Ihnen eine komfortable Wohnung in einem Neubau zugewiesen, der gewöhnlich nur für die leitenden Mitarbeiter der Direktion bestimmt ist. Ich möchte jetzt von Ihnen hören, ob Sie mit dem, was in letzter Zeit für Sie getan wurde, zufrieden sind oder ob Sie vielleicht noch irgendwelche Wünsche, Beschwerden oder Einwände haben.«

»Nein, Genosse Stellvertreter«, erwiderte Hrabak, der auf der Stuhlkante saß, die Mütze und einen Monteurschlüssel auf den Knien. »Ich wollte nur, es wäre früher geschehen, dann hätte es mir mehr genutzt. Aber, wie sagt man doch – besser spät als nie. Was mich angeht, so habe ich keinerlei Wünsche oder Beschwerden mehr.«

»Haben Sie auch nichts zu beanstanden?«

»Nein, auch nicht!«

»Das freut mich. Es freut mich außerordentlich, wenn dem so ist. Aber man hat mir mitgeteilt, daß Sie gestern und vorgestern erneut darum gebeten haben, mit dem Generaldirektor, Genossen Plećaš, und auch mit zwei von seinen Referenten zu sprechen. Da Sie sagen, daß Sie keine Wünsche mehr haben und nichts beanstanden, hatten Sie vielleicht die Absicht, ihm für die Aufmerksamkeit zu danken, die Ihnen erwiesen wurde, oder?«

Der Referent des Abteilungsleiters sagte das mit einem ironischen Unterton, eben so, wie er mit den Angestellten seiner Abteilung umzugehen gewohnt war. Die Vertreter der SI-Abteilung hätten das besser gemacht und den Verdächtigen mit einer unbequemen Frage überrascht. So aber bot er Hrabak selbst die Antwort an, die dieser auch sofort ohne Umschweife aufgriff.

»Ja«, entgegnete der Meister, »ich wollte ihm danken, aber die Sekretärin ließ mich nicht zu ihm.«

Die Gelegenheit war verpatzt, und der Referent des Abteilungsleiters beeilte sich, das Gespräch zu beenden. »Sie haben eben zu tun«, rechtfertigte er die leitenden Mitarbeiter. »Vor allem jetzt, wo die Reform und Rekonstruktion der Direktion im Gange sind. Ich werde ihnen bei nächster Gelegenheit Ihren Dank übermitteln und sagen, wie sehr Sie mit dem, was für Sie getan wurde, zufrieden sind, und ich bin überzeugt, daß sie sich auch freuen, wenn sie das hören. Und wenn Sie zufällig wieder etwas benötigen, wenden Sie sich bitte ohne weiteres an mich. Ich werde dann sehen, was sich für Sie tun läßt, und bestimmt alles unternehmen, was in meiner Macht liegt, damit man Ihren berechtigten Wünschen entgegenkommt. Wir müssen im Rahmen der gesetzlichen Bestimmungen und unserer Befugnisse unser Möglichstes für die Angestellten tun, und wir wollen, daß sie sich in der Direktion wohl fühlen.«

Er erhob sich, und während er ihn hinausbegleitete, sagte er beiläufig: »Ich hoffe, Sie brauchen nach diesem Gespräch unsere Chefs nicht wieder zu behelligen, vor allem nicht den Genossen Generaldirektor. Ich sage es Ihnen offen: In seinem Sekretariat und seinem Büro hat man sich beschwert, daß Sie die Leute dort stören und mit Ihren ständigen Besuchen belästigen. Von mir hat man verlangt, Ihnen das vor Augen zu halten, und ich fordere von Ihnen sogar unter Androhung gewisser disziplinarischer Maßnahmen, das künftig zu unterlassen. Sie sind alt genug und ein ernsthafter Mitarbeiter, und ich hoffe, diese Ermahnung genügt, so daß es nicht mehr nötig ist, mit Ihnen unter für Sie bedeutend ungünstigeren Umständen nochmals darüber zu sprechen. Auf Wiedersehen, Genosse Hrabak!«

Dabei blieb es jedoch nicht. Aus den Untersuchungsakten ist zu ersehen, daß weder die eine noch die andere Seite durch dieses Gespräch zufriedengestellt war und auch nicht die Absicht hatte, sich an dieses stillschweigende Übereinkommen zu halten. Hrabak seinerseits blieb stur, denn einige Tage darauf ließ man ihn in ein Büro in der ersten Etage kommen, in eines der kleinen Zimmer, die keine Nummer tragen und keinem bestimmten Zweck dienen, in denen es nur einen Tisch, ein paar Stühle, einen Teppich und ein Bild an der Wand gibt und die nicht die warme Atmosphäre vermitteln, die wenigstens in manchen Büros von der Anwesenheit des Menschen zeugt. Der Bürogehilfe der Etage suchte ihn und fand ihn im Keller, wo er wie gewöhnlich mit den Arbeitern des Bauunternehmens sprach und sie bei der Arbeit störte. Er sagte ihm, daß man ihn sofort sprechen wolle, und zwar in solchem Ton, daß Hrabak sich sofort erhob und wortlos mitging, ohne auch nur zu fragen, wer ihn eigentlich verlange und worum es sich handele. Nicht einmal die Tasche mit dem Werkzeug nahm er mit.

Im Zimmer erwarteten ihn drei Leute. Der Bürogehilfe, der ihn begleitet hatte, blieb draußen. Nur einen kannte er. Er war ein Angestellter der Kaderabteilung, Referent und Leiter der Personalkartei, der Verbindungsmann zwischen der Kader- und der SI-Abteilung, eigentlich ein Mitarbeiter dieses Organs in der Kaderabteilung, was Hrabak allerdings nicht wußte. Zwei saßen am Tisch, und einer postierte sich hinter Hrabak an der Tür. Das verlieh der Zusammenkunft eine besonders eindrucksvolle Wirkung, und der vorgeladene Meister wirkte beinahe wie ein Verhafteter.

Man bot ihm immerhin einen Platz an, allerdings nicht bei ihnen am Tisch, sondern davor, auf einem Stuhl, der allein im Raum stand. So konnten sie ihn gut betrachten, während er, ohne sich aufstützen zu können, steif und mit herabhängenden Armen dasitzen mußte.

»Sie sind Hrabak«, begann der Unbekannte am Tisch. »Sveta oder Svetislav Hrabak, Monteur und Klempner hier in der Generaldirektion für allgemeine Angelegenheiten.«

»Ja«, erwiderte Hrabak. Er war um Ruhe bemüht, bemerkte aber, wie seine Stimme zitterte.

»Sie haben sich mehrmals mündlich und schriftlich an das Büro des Generaldirektors gewandt und um ein Gespräch mit ihm nachgesucht. Ist es so?«

»Ja«, sagte Hrabak.

»Sie wurden wiederholt um Geduld gebeten – Genosse Plećaš werde mit Ihnen sprechen, sobald er dazu Zeit finde. Und von seiten der Angestellten seines Büros sowie vor einigen Tagen von seiten des stellvertretenden Leiters der Kaderabteilung hat man Sie darauf hingewiesen, daß der Genosse Generaldirektor mit wichtigen

Aufgaben beschäftigt sei, die mit der Reorganisation des Hauses zusammenhingen, und bei der Gelegenheit wurden Sie ernsthaft ermahnt, ihn nicht mehr zu belästigen. Habe ich recht?«

»Ja, Sie haben recht!«

»Natürlich habe ich recht! Trotzdem haben Sie erneut versucht, den Genossen Generaldirektor beim Verlassen des Gebäudes abzufangen, und wären Sie nicht von einigen unserer Angestellten rechtzeitig daran gehindert worden, dann hätten Sie ihn am Arm gepackt und gewaltsam aufgehalten! Heute hat man uns von oben, aus dem Büro des Direktors, gemeldet, Sie hätten sich wieder den ganzen Vormittag in der Nähe seiner Räume aufgehalten, und die Sekretärin hat unter der Löschpapierunterlage auf seinem Tisch diesen Brief gefunden, in dem Sie sich beklagen, seine Leute ließen Sie nicht zu ihm, und in dem Sie erklären, Sie hätten ihm etwas sehr Wichtiges mitzuteilen. Mit anderen Worten: Ihr Vorgesetzter aus der Kaderabteilung hat umsonst Zeit für Sie geopfert, seine Ratschläge und Ermahnungen haben nicht geholfen. Sie wollen offenbar, ohne auf ihn zu hören, weiterhin unsere höchsten Staatsfunktionäre und leitenden Mitarbeiter bei ihrer Arbeit belästigen und stören!«

Hrabak schwieg und sah zu Boden, was in dieser Situation einem Geständnis gleichkam. Die Befragung glich einer offiziellen polizeilichen oder sogar gerichtlichen Vernehmung. Was sie wußten und entdeckt hatten, verwirrte ihn. Durch Fragen und Beweise in die Enge getrieben, vermochte er sich nicht zu fassen und erst recht nicht zu widersprechen oder sich zu entrüsten.

»Haben Sie eine Lohnerhöhung erhalten, und wurden Sie als hochqualifizierter Handwerker Ihres Fachs eingestuft?« fragten sie ihn wieder.

»Ja.«

»Haben Sie eine Wohnung erhalten?« ging es weiter.

»Und zwar eine Zweizimmerwohnung, in einem Neubau im Zentrum?«

»Ja.«

»Und Sie haben sie ausgeschlagen, weil Sie mit Ihrer jetzigen zufrieden sind?«

»Ich konnte die hohe Miete nicht aufbringen.«

»Gut, das ist schließlich Ihre Sache. Aber wir möchten wissen, womit Sie jetzt so unzufrieden sind.«

»Mit nichts. Wer sagt denn, daß ich das bin?«

»Sie sind also nicht einmal unzufrieden. Na, wenn Sie keinen Wunsch haben und auch keinen Grund zur Beschwerde, was wollen Sie dann ständig vom Genossen Generaldirektor, und was haben Sie ihm so dringend mitzuteilen?«

Hrabak schwieg wieder, blickte zur Seite und suchte in Gedanken, die ihm langsam kamen, nach einer Antwort, die seine Examinatoren zufriedenstellen könnte.

»Vielleicht wollten Sie sich über jemanden beschweren?« mischte sich der Mann ein, der bis dahin geschwiegen hatte. »Na, jetzt haben Sie Gelegenheit, freiheraus zu reden.«

»Dazu habe ich keinen Grund, Genosse.«

»Oder hatten Sie die Absicht, auf irgendeinen Mangel in der Arbeit der Generaldirektion hinzuweisen, auf irgendein Disziplinarvergehen oder ein größeres politisches Vergehen oder eine materielle Veruntreuung? Oder aber ein Disziplinar- oder gar Strafverfahren gegen irgendeinen Missetäter anzustrengen? Hier haben Sie vor sich den Kaderreferenten, und wir beide gehören zu den Organen des Innenministeriums. Es ist unsere Aufgabe, solche Verbrecher zu verfolgen, und jetzt haben Sie die beste Gelegenheit, uns alles zu erzählen, was Sie wissen und was Sie auf dem Herzen haben. Genieren Sie sich nicht, und haben Sie keine Angst, daß irgend jemand davon erfährt. Wir sind an solche Dinge gewöhnt, und Sie können sich in dieser Hinsicht ganz auf uns verlassen.«

Hrabak schwieg weiter.

»Also?«

»Meine Zeit, er hält uns hin und führt uns an der Nase herum, Genosse Inspektor!« knurrte plötzlich der Mann, der hinter Hrabak saß, und der Meister drehte sich voller Schreck nach ihm um. »Wir sollten ihn schärfer anfassen, nicht so höflich und mit Samthandschuhen!«

Der Inspektor steckte sich eine Zigarette an und atmete hörbar den Rauch ein, als habe er diese Bemerkung überhört.

Hrabak antwortete hastig: »Ich hab gegen niemanden etwas vorzubringen.«

»Gegen niemanden!« wiederholte der Inspektor. »Na, was wollen Sie dann dem Genossen Generaldirektor sagen? Weshalb versuchen Sie immerfort mit ihm zu sprechen?«

Das war die wichtigste Frage, die Hrabak von Anfang an erwartet hatte, und er wollte darauf antworten. Aber wie in ähnlichen Fällen, wenn ihn seine Frau fragte, wo er den Abend verbracht habe, geriet er in Verlegenheit und wußte nichts zu sagen.

»Ich möchte ihm nur für das danken, was er für mich getan hat!« sagte er, weil er sich daran erinnerte, was er auch dem persönlichen Referenten des Chefs vor einigen Tagen gesagt hatte, und weil er wußte, daß man Aussagen bei der Untersuchung nicht ändern durfte, meinte er, daß dies die beste Antwort sei, die er in diesem Fall geben konnte. Er mußte ein wenig lächeln. »Für die Beförderung«, fügte er hinzu, »die Lohnerhöhung und für die Wohnung, die mir angeboten wurde!«

»Weshalb haben Sie das nicht den Sekretärinnen gesagt? Sie hätten es doch für Sie ausrichten können.«

»Ich dachte, es wäre besser, wenn ich es selbst tue.«

»Und was wollten Sie ihm denn so Wichtiges mitteilen?«

»Na, was ich Ihnen schon gesagt hab. Und daß ich mich ihm irgendwie erkenntlich zeigen will für das, was er für mich getan hat. Auch im Krieg kann ein Gemeiner einem Menschen, der viel wichtiger ist als er selbst, helfen und ihm das Leben retten. Man weiß nie, wie man einen Menschen gebrauchen kann und wie man ihm von Nutzen sein kann.«

Ebenso wie vor einigen Tagen bei dem ähnlichen Gespräch spürten sie, daß sie in eine Sackgasse geraten waren und auf diese Art mit dem Meister nicht zu Rande kamen. Diesmal konnten sie es jedoch nicht damit bewenden lassen.

»Hören Sie, Hrabak!« sagte der Inspektor. »Das Gespräch, das wir mit Ihnen führen, trägt nicht nur informativen Charakter, und es geht auch nicht nur um die Gründe, die Sie bewogen haben, um ein Gespräch mit dem Genossen Generaldirektor nachzusuchen. Die Tatsache, daß wir uns hier in diesem Zimmer so allein mit Ihnen zusammengefunden haben, stellt eine sehr ernste Ermahnung dar, daß Sie diese Versuche ein für allemal aufgeben. Es ist also eine bedeutend ernstere als die, die Ihnen vor einigen Tagen zuging. Damit wir uns verstehen: Wir verlangen, daß Sie die weitere Belästigung unserer angesehensten Staatsfunktionäre unterlassen, die Wichtigeres zu tun haben, als sich für Ihre Wünsche zu interessieren und sich mit Ihren Vorschlägen zu befassen. Mit dem, was Sie seit einiger Zeit treiben, gefährden Sie die Ruhe und Sicherheit der anderen und behindern den richtigen Arbeitsablauf in wichtigen Sektoren des Staatsapparates, was ein ernstes Vergehen darstellt, für das in unseren Gesetzesbestimmungen auch sehr harte Strafen vorgesehen sind. Diesmal werden wir sie noch nicht anwenden, aber wenn sich zeigt, daß auch dieser Verweis nichts genutzt hat, und wir feststellen, daß Sie trotz unserer Ratschläge wieder um den Generaldirektor und seine engsten Mitarbeiter herumschleichen und daß Sie dem Genossen Plećaš auf unzulässige Weise Briefe und andere Notizen aufzudrängen versuchen, müssen wir zu unserem Schutz und im Interesse der Generaldirektion auch auf andere, wirksamere Mittel der Überzeugung zurückgreifen und die Rechte wahrnehmen, die uns zu diesem Zweck zur Verfügung stehen. Sie dürfen sich dann nicht wundern und sich bei uns beschweren, wenn Sie in größere Schwierigkeiten geraten. Alle Folgen in diesem Fall haben Sie allein sich selbst und Ihrer Sturheit zuzuschreiben. Sie sind jetzt frei und können gehen!«

Sie grüßten ihn nicht einmal und entließen ihn.

20

In dem Gedränge, das am nächsten Tag im überfüllten Autobus entstand, stieß irgendein Grobian, der sich rücksichtslos zur Tür durchdrängte, Hrabak fürchterlich den Ellenbogen in die Rippen und zerriß mit der Hand das Papier des Paketes, das der Meister über den Köpfen der Fahrgäste hochhielt. Unter der Zeitungsverpackung wurden die schwarzen Rippen einer Konstruktion sichtbar, die aus den eisernen Röhrchen gefertigt war, die in Hrabaks Werkstätten, zu Hause und im Keller der Direktion, gefunden worden waren. Als Hrabak die Stufen im Autobus hinabstieg, half ihm ein junger Mann, der vor ihm ausgestiegen war, bereitwillig und freundlich, riß ihm dabei aber fast mit Gewalt das Paket aus der Hand. »Ach, wie rücksichtslos die Menschen heute sind und was es doch für Grobiane gibt!« sagte er und zerrte wie zufällig noch den letzten Papierfetzen von den entblößten schwarzen Rippen. »Nicht einmal entschuldigt hat er sich, daß er Sie gestoßen und Ihnen das Paket hier zerfetzt hat. Aber, entschuldigen Sie, da es sich nun schon mal gelöst hat – können Sie mir sagen, was es mit diesen Rohren auf sich hat?«

»Damit werden Vögel gefangen!« sagte Hrabak, riß ihm das Paket aus der Hand und versuchte, mit den Papierresten die Blöße zu bedecken, wie eine Frau, die im Wind ihr Kleid an den Beinen zusammenhält.

Am nächsten Tag, nachmittags, während er im Schuppen arbeitete, trat einer der Arbeiter von der Gruppe ein, die auf seinem Hof die Kanalisationsrohre zu verlegen hatten.

»Was werkeln Sie denn da?« fragte er und nahm ein Stück Rohr, das Hrabak mit der schwarzen Schutzbrille auf der Nase gerade schweißte. »Woher haben Sie das?«

»Abfall! Warum fragen Sie?«

»Gutes Material. Kann man daraus ein Maschinengewehr oder eine Höllenmaschine fertigen?«

»Was sagen Sie? Ob man was anfertigen kann? Ich höre nichts bei diesem Lärm, warten Sie, bis ich das fertig geschweißt habe!«

»Es war nur ein Spaß. Ich habe einen Bruder, der aus ähnlichen Rohren und Stangen Bilderrahmen und Blumentopfhalter herstellt. Kann man dabei was verdienen?«

Hrabak murmelte etwas Unverständliches. Er stellte den Hahn für die Gaszuleitung ab, und der Lärm hörte auf. Er schob sich die Brille auf die Stirn und fragte den Störenfried, was er wolle, und dieser sagte ihm, daß er ihm nur Bescheid geben wollte, daß für kurze Zeit das Wasser abgestellt werden müßte. Dann zog er sich fast erschrocken zurück.

In jenen Tagen wurde Hrabak in den Kellerräumen der Generaldirektion von zwei Angestellten des Wirtschaftssektors besucht. Sie erklärten ihm, sie seien eine Kommission, die verpflichtet sei, alle Kellerräume zu begehen und wegen der Rekonstruktion der Direktion eine Inventur des Materials vorzunehmen. Sofort, ohne um Erlaubnis zu fragen und seine Hilfe abzuwarten, begannen sie, das Gerümpel zu durchwühlen, das Hrabak im Laufe von zwanzig Jahren gesammelt hatte. Sie fragten ihn, ob er ordnungsgemäß Buch über das Material führe und ob alles in den Büchern eingetragen wäre. Und als sich zeigte, daß Hrabak solche Bücher nicht einmal besaß und auch keine Arbeitsbelege für die zahlreichen Reparaturen, die er ausführte, setzte sich der eine die Brille auf und vermerkte das. Sie durchwühlten die Fächer seines Arbeitstisches, fragten ihn nach jeder

Schraube, woher er sie habe, wozu sie diene, welchen Wert sie habe, maßen Größe und Gewicht und trugen auch diese Daten in ihr Protokoll ein. Volle drei Arbeitstage blieben sie bei dieser Beschäftigung und hielten Hrabak auf. Schließlich teilten sie ihm mit, sie müßten die Werkstatt bis auf weiteres verschließen und versiegeln, verlangten den Schlüssel von ihm und forderten ihn auf, hinauszugehen. Sie erlaubten ihm kaum, seine verschmutzte Arbeitskleidung mitzunehmen, und taten dies erst, nachdem sie in alle Taschen gefaßt und sich überzeugt hatten, daß er nichts darin verborgen hatte. In einigen Tagen würde die Rekonstruktion der Räume auch in diesem Teil des Kellers beginnen, und sofern die Allgemeine Verwaltung der Ansicht sei, die Direktion benötige auch weiterhin eine Klempnerwerkstatt, würde man ihn rechtzeitig benachrichtigen und ihm entsprechende Räume, wahrscheinlich im Dachgeschoß des Gebäudes, zuweisen.

»In Ordnung! Was tut's, wenn es so ist. Nur schade, daß Sie mich nicht früher benachrichtigt haben«, bemerkte er und verließ, die Arbeitskleidung über der Schulter, die Werkstatt, gebeugt, wie ein alter Mann, den man aus dem Haus jagt, in dem er sein ganzes Leben verbracht hat und das im neuen Stadtbauplan zum Abriß verurteilt ist.

Am selben Tag kam die Städtische Hygieneinspektion zu ihm ins Haus, um den Schuppen zu besichtigen, in dem seine Werkstatt untergebracht war und der, wie ihr gemeldet worden sei, dem Einsturz nahe sei und schon seit langem ihren Nutznießern überm Kopf zusammenzustürzen drohe. Die Wände aus ungebranntem Lehm waren bröckelig und die Holzbalken, die die Dachkonstruktion trugen, morsch und wurmstichig. Die elektrischen Leitungen und Installationen waren nicht nach den Normen angelegt und auch nicht mit dem Minimum an Schutz versehen, die die Sorge um die Sicherheit des Arbeiters am Arbeitsplatz verlangte. In der Werkstatt wurden keine Schutzhandschuhe und -helme vorgefunden, und es gab auch nicht die vom Gesetz vorgeschriebene Arbeitskleidung. Das kleine Fenster, durch das man nicht einmal den Kopf zwängen konnte, war als Lichtquelle und für die Frischluftzufuhr untauglich und teilweise mit Karton vernagelt, weil das Glas zersprungen war. An der Decke war kein Ventilator angebracht, ganz zu schweigen von einer Heizung für die Wintermonate. Außerdem verfügte die Werkstatt nicht einmal über die grundlegendsten sanitären Räume: Es war kein Bad mit Dusche und Heißwasser vorhanden, kein Eßraum, kein Ruhe- und Klubraum, an eine Bibliothek mit Lesesaal war gar nicht zu denken. Überall lagen die verschiedensten Abfälle voller Staub und Rost, und es wurde festgestellt, daß keine Insekten- und Rattenbekämpfung vorgenommen worden war, solange er stand. Auf dem Dach war kein Blitzableiter montiert und so weiter, was besagte, daß der Schuppen im Sinne der bestehenden Vorschriften als Werkstatt völlig ungeeignet war. Und gemäß den entsprechenden Bestimmungen des Gesetzes über den Arbeitsschutz (Artikel 37 und 64 im Zusammenhang mit Artikel 156) wurde an Ort und Stelle die sofortige zwangsweise Schließung der Werkstatt beschlossen. Gegen diese Entscheidung konnte innerhalb von vierzehn Tagen bei dem übergeordneten Organ des Rates des Stadtbezirks Berufung eingelegt werden. Der Eigentümer Aca Dimić und der Nutznießer Sveta Hrabak wurden verurteilt, gemeinsam eine Geldstrafe von zwanzigtausend Dinar wegen Verletzung der Vorschriften über die Arbeitshygiene und dreißigtausend Dinar wegen Gefährdung am Arbeitsplatz zu zahlen.

Durch diese Entscheidung wurde ihnen jede weitere Arbeit in der Werkstatt untersagt, solange die in der Entscheidung erwähnten Mängel nicht behoben beziehungsweise solange die vorgeschriebenen Bedingungen für eine geregelte Arbeit nicht gewährleistet wurden. Es folgte die Unterschrift des Bezirksreferenten für Arbeitsfragen, die Unterschrift des Hygieneinspektors und der

Stempel des Rates des Stadtbezirks. Belgrad, der soundsovielte und so weiter ...

Sveta Hrabak und sein Vermieter Aca Dimić, genannt Bure, erhielten je ein Exemplar des Beschlusses und saßen im Schatten des Aprikosenbaums vor der verschlossenen und versiegelten Werkstatt. Es war ein schwüler Tag, und unter dem Baum tanzten die Fliegen, die sie unaufhörlich belästigten wie unangenehme Gedanken, die ihnen nicht aus dem Kopf gingen. Beide hielten den Schrieb in der Hand, fächelten sich mit dem Blatt Papier Kühlung zu und versuchten, die Fliegen zu vertreiben. Sie hatten Appetit auf Kaffee, aber die Frauen brachten ihnen keinen, und sie hatten keine Lust, sie zu suchen, und waren zu faul, ihn selber zu kochen.

»Irgend jemand hat uns angezeigt«, sagte Aca Dimić. »Einer der Nachbarn oder einer von denen, die sonnabends mit uns im Lokal sitzen.«

»Ob es von diesem Schurken kommt, diesem Journalisten, der über die Dieberei geschrieben hat?« fragte Hrabak.

»Nun gut«, sagte Aca Dimić, »vielleicht auch von dem. Aber wenn sich die Inspektion schon so sehr um die Arbeiter sorgt, weshalb hat sie dann nicht danach gefragt, wer hier arbeitet, und nicht verlangt, sie zu sehen und zu vernehmen? Jetzt kommt es noch so weit, daß sie uns beide dafür bestrafen, daß wir uns nicht genug um uns selbst sorgen und daß wir in dreißig Jahren Arbeit nicht geschafft haben, an der Decke einen Ventilator anzubringen, der uns im Sommer erfrischt, und keine Zentralheizung zu installieren, die uns im Winter wärmt, und daß wir in all der langen Zeit nicht genug Geld gespart haben, um uns eine neue, bessere und schönere Behausung zu bauen, mit Lesesaal, Klub, Kino und Speisesaal. Und jetzt verlangt man zu unserem Wohl und aus Sorge um uns beide noch, daß wir eine Strafe zahlen, die höher ist als unser Verdienst von drei Monaten. Hast du in deiner Wohnung einen Ventilator? Ist das Fenster bei dir größer als dieses hier, sind die Räume besser und weniger feucht? Hast du deine Frau an ihrem Arbeitsplatz mit Schutzbrille und Gasmaske versorgt, damit ihr die Augen von den Zwiebeln nicht tränen und sie den Dampf vom Kohl und von den Bohnen, die sie dir zum Mittagessen kocht, nicht einatmet? Haben sie dein Schlafzimmer überprüft und festgestellt, ob es genügend Quadratmeter aufzuweisen hat, und sind sie aufs Dach gestiegen, um nachzusehen, ob die Balken dort wurmstichig sind und ob die Wände deines baufälligen Hauses bald einstürzen? Und sag mal, hast du all diese Anlagen in deiner Werkstatt in der Generaldirektion, wo du sozusagen für den Staat arbeitest?«

»Nein, hab ich nicht!« sagte Hrabak. »Weder einen Ventilator, obwohl mein Platz im Keller ist, noch ein Fenster wie das hier in unserem Schuppen.«

»Und haben sie deswegen diese Werkstatt geschlossen und deinen Generaldirektor persönlich mit einer Geldstrafe belegt?«

»Den Direktor haben sie nicht bestraft, aber sie haben die Werkstatt geschlossen!«

»Geschlossen? Wann?«

»Gestern. Wegen der Reorganisation des Betriebs und des Umbaus.«

»So!« sagte Aca Dimić. Er schlug mit dem Papier in der Hand nach einer Fliege im Gesicht und verstummte. Er betrachtete Hrabak aufmerksam und irgendwie von der Seite, als sähe er ihn zum erstenmal.

21

Sie verfaßten jedoch eine Beschwerde und führten an, daß sie die meisten der in der angefochtenen Entscheidung aufgezählten Mängel beseitigt hätten und der zuständigen Kommission den Vorwurf nicht ersparen könnten, daß sie es verabsäumt habe, auch ihre Wohnungen zu überprüfen, in denen sie viele der sanitären Installationen und kulturellen Einrichtungen hätten finden können, die sie in der Werkstatt vermißt hätten. Aborte, Duschen, Speiseräume und Klubräume mit Fernsehmöglichkeiten. Sie ersuchten deshalb, ihnen mit Rücksicht auf ihre dürftigen Besitzverhältnisse und die geringen Einkünfte und weil sie allein in der Werkstatt arbeiteten und keine fremde Arbeitskraft nutzten, zu gestatten, weiterhin in der Werkstatt zu arbeiten und ihnen die Zahlung der Geldstrafe zu erlassen, die ganze oder wenigstens den Teil, der ihnen wegen der angeblichen Verletzung der Arbeitsschutzbestimmungen auferlegt wurde.

Die Beschwerde schrieben sie am Abend bei der üblichen sonnabendlichen Zusammenkunft in der Gaststätte »Mostar«, und die ganze Runde, um denselben Tisch versammelt, half ihnen, sogar der Kellner Mile Vielfraß, soweit es seine Arbeit zuließ. Am eifrigsten betätigte sich, wie aus den Berichten vom nächsten Tag, die bei der SI-Abteilung eintrafen, ersichtlich war, Onkel Mita, genannt »Diener«, der auch sonst in der Kneipe als Winkeladvokat fungierte und den Taxichauffeuren Beschwerden über Strafanzeigen der Verkehrspolizei und Fuhrleuten und Händlern Anträge und Rechtshilfen für Entscheidungen und Urteile des Strafrichters abfaßte. Für einen Gespritzten erledigte er das Hrabak und Dimić sogar schriftlich und hämmerte mit einem Finger auf die alte Maschine ein, die wie das Kneipenklavier in der Ecke dröhnte.

Zwei Tage darauf, kaum daß sie die Beschwerde übergeben hatten, brachte ihnen der Briefträger eine Antwort. Die Abteilung Steuern des Stadtbezirks (Referat Einnahmen der Bürger) benachrichtigte sie, daß festgestellt wurde, jeder einzelne von ihnen habe sich ohne Genehmigung der zuständigen Organe des Stadtbezirks in der Werkstatt, die sie auf ihrem Hof betrieben, mit zusätzlichen Schlosserarbeiten befaßt. Aus diesem Grunde ergehe ihnen die Auflage, darin sofort jede Arbeit einzustellen. Wegen der von ihnen begangenen Wirtschaftsvergehen wurden sie verurteilt, gemeinsam dreißigtausend Dinar zu zahlen, wobei ihre bescheidene materielle Lage berücksichtigt würde. Die Frist für eine Beschwerde bei dem übergeordneten Organ des Stadtbezirks betrage ebenfalls vierzehn Tage. Zugleich teilte das Referat mit, daß sie beide wegen Einkommensunterschlagung beziehungsweise wegen Verschweigens der Einkünfte zu je zwanzigtausend Dinar verurteilt worden seien, wobei sie neben der Strafe auch die Pflichtsteuer zu zahlen hätten, die, angenommen, daß ihre Jahreseinnahmen nach Schätzung der Organe des Stadtbezirks zweihunderttausend Dinar monatlich beziehungsweise, die Kosten für Heizung, Miete und Beleuchtung abgerechnet, reine zwei Millionen Dinar jährlich ausmachen könnten, insgesamt vierhunderttausend Dinar betrage. Auch gegen diese Entscheidung formulierte Mita »Diener« eine Beschwerde und führte darin an, ihr Schuppen wäre nach dem, was sich darin befinde, keine Werkstatt, sondern ein Vorratsraum (was vor einigen Tagen auch die Kommission für Arbeit und Arbeitsfragen des Stadtbezirks bestätigt hätte), in der die Meister ihr Handwerkszeug aufbewahrten, das sich übrigens jeder Bürger für kleinere Reparaturen im Hause hielte, und daß es doch niemandem einfallen würde, ihm deswegen Steuern aufzuerlegen. Wenn sie auch mitunter einem Nachbarn, Bekannten und Freund irgendeinen Dienst erwiesen haben, hätten sie das meistens gratis oder für ein bescheidenes symbolisches Entgelt getan, und alles, was sie in einem Jahr verdienen konnten, würde insgesamt nicht einmal so viel betragen wie die Steuern, die durch die Entscheidung des Referats Einnahmen der Bürger für sie veranschlagt wurden. Ein solches Vorgehen könne nur dazu führen, jede private Initiative zu erstikken und die Handwerksstätten zu schließen, was, wie man den letzten Reden verantwortlicher Staatsfunktionäre entnehmen könne, überhaupt nicht den Absichten und Zielen der Wirtschaftspolitik des Landes entspräche.

Die Beschwerde wurde wieder in der Gaststätte »Mostar« verfaßt, aber diesmal am Sonntagvormittag, als sich dort weniger Leute aufhielten. Sie wurde schon am nächsten Tag per Einschreiben an den Stadtbezirk abgeschickt, aber dieser Umstand beruhigte die Handwerksmeister nicht. Aca Dimić wurde von einem Asthmaanfall heimgesucht; er atmete mit offenem Munde, schnappte nach Luft wie ein Fisch auf dem Trocknen und röchelte dabei wie ein alter Automotor. Er ging nicht mehr ins Gasthaus, sprach auf dem Hof nicht mehr mit seinem Freund und Hausgenossen Hrabak und legte sich auch mit seiner Frau an, schlimmer als in all den fünfzig Jahren ihrer Ehe.

Svetislav Hrabak verhielt sich auch weiterhin so, als würde ihn das alles nicht betreffen und als wäre er durch all diese Entscheidungen und Verbote nicht bedroht, etwa wie ein Mensch, der sich im Krieg im Kugelregen nicht um einen schmerzenden Zahn kümmert, oder wie ein verschuldeter Mensch, der sich um Schulden und Gläubiger keine grauen Haare wachsen läßt, weil er ein reiches Erbe oder den Haupttreffer in der Lotterie erwartet. »Das bringen wir schon irgendwie in Ordnung!« sagte er zu Aca Dimić, ohne zu erklären, aus welchem Grunde er so denke oder weshalb er darauf hoffe. Es mußte sie ein neidischer Nachbar, ein Kollege aus der Direktion, angezeigt haben, oder vielleicht waren auch die Handwerker des Unternehmens, die in seinem Betrieb arbeiteten, daran schuld, weil er sie mehrmals kritisiert und aufgefordert hatte, die Arbeit so schnell wie möglich einzustellen, weil sie das Haus gefährdeten. Wenn sich erst herausstellte, daß er recht hatte, würden auch all diese nichtswürdigen Bosheiten ein Ende nehmen, und sie würden sehen, daß sie ihm unrecht getan hatten. Trotzdem versuchte er inzwischen noch zwei oder dreimal auf Umwegen mit dem Generaldirektor in Kontakt zu kommen, und zwar diesmal durch seine Kunden, denen er für wenig Geld kleine Reparaturen im Haus erledigte: zwei Ärzte, ein Funktionär des Stadtbezirks und ein Fabrikdirektor. Als sie ihn mit Kaffee und

Schnaps bewirteten und in die Tasche griffen, um zu zahlen, wurden sie verlegen, als er sie um Hilfe bat, ihn mit dem Generaldirektor Plećaš zusammenzuführen, mit dem er eine sehr wichtige Sache zu besprechen habe, die keinen Aufschub dulde. Er sagte das so erregt und benutzte so verworrene, geheimnisvolle Ausdrücke, daß sie erschraken, als hätten sie plötzlich entdeckt, einen Verrückten und gefährlichen Geisteskranken vor sich zu haben, der sie in eine peinliche Lage bringen könnte. Da sie ihn so schnell wie möglich loszuwerden trachteten, steckten sie ihm Geld zu und versprachen, zu tun, was sie könnten, obwohl sie Plećaš auch nicht näher kannten. Entschlossen, sich nicht in diese Angelegenheit einzumischen, gaben sie dem Meister die Hand und drängten ihn zum Ausgang.

22

Am Vormittag, während er im Erdgeschoß der Direktion im großen Toilettenraum die Wasserleitung reparierte, die jemand mit einem scharfen Gegenstand beschädigt hatte, ereignete sich zufällig und völlig unvorhergesehen etwas, was dem Meister Sveta Hrabak, einem ernsthaften und auf solche Situationen nicht gefaßten Menschen, äußerst unangenehm war. Die Reparatur war nicht gerade leicht, er mußte einen Teil des Rohres auswechseln und dann die Teile am Knie mit Schrauben zusammenziehen, sie mit Werg umwickeln und mit Öl begießen. Er arbeitete fast eine Stunde lang und hatte schon die Lötlampe gelöscht, als mit Besen und Federwisch in der einen Hand und Eimer und Lappen in der andern die Reinigungskraft von dieser Etage, eine gewisse Anka Palikuća, in den Raum kam, eine jüngere füllige Frau von etwa fünfunddreißig Jahren, unverheiratet, bei dem unteren Personal der Direktion unter dem Namen »Dunda« und durch noch etwas bekannt, das der Anständigkeit halber an dieser Stelle nicht erwähnt werden sollte. »Guten Tag, Meister Sveta!« sagte sie zu ihm. »Arbeiten Sie? Es wird Sie nicht stören, wenn ich derweil hier auch meine Arbeit beende. Ich hab mich schon verspätet und muß noch mehr als die halbe Etage saubermachen. Wenn Sie zum Generaldirektor gehen, könnten Sie ihm sagen, daß er uns, den Reinigungskräften, auch einen besonderen Raum geben könnte, wo wir unsere Gerätschaften zum Saubermachen und die Arbeitsbekleidung lassen können, damit wir hier nicht immer mit Ihnen und anderen zusammentreffen, die irgendein Bedürfnis hierhertreibt.«

Und während Hrabak in einer der Kabinen weiter seine Rohre bearbeitete, hatte die Reinigungskraft im Vorraum der Toilette in einen großen weißen Schrank, der ihr als Kleiderschrank diente, den Federwisch und den Besen gestellt und wollte dann im Waschbecken den Lappen auswaschen, mit dem sie den Fußboden aufwischte. »Uh!« rief sie. »Ich habe mich ganz bespritzt und bin völlig durchnäßt. Drehen Sie sich bitte nicht um, Meister, nur einen Augenblick, bis ich den Kittel gewechselt habe!« Sie mußte es schon getan haben und griff, im Unterrock geblieben, gerade mit der Hand in den Schrank, um einen anderen Kittel herauszunehmen, als sich die Tür zur Toilette öffnete und jemand hereinkam. »Dunda« kreischte auf. Hrabak erhob sich, machte einen Schritt und stand am Eingang der Kabine – gerade im rechten Augenblick, um an der Toilettentür den Pförtner Kiril Arsovski und die halbnackte »Dunda« zu erblicken, die, mit den Händen ihre Brust bedeckend, immer noch im Unterkleid, verwirrt zu Hrabak in die Kabine lief, um sich in seinen Armen zu verbergen. »Entschuldigt, pardon! Ich wußte nicht, daß ihr hier seid!« sagte Arsovski trocken und bedeutungsvoll. Großmütig wie ein Kavalier zog er sich zurück und schloß die Tür hinter sich.

Ein anderer Zwischenfall, allerdings weniger unangenehm und von geringerer Bedeutung, ereignete sich, als Hrabak den Raum, der ihm im Dachgeschoß vorübergehend als Werkstatt angewiesen worden war, aufgeschlossen und in einer Ecke einige Kisten neues, gerade erst abgestelltes Schlosser- und Klempnermaterial vorfand, das während seiner Abwesenheit der Ökonom und Lagerverwalter der Direktion, Bora Plevljak, abgestellt hatte, mit dem Hrabak, durch das vorangegangene Mißgeschick schon nervös und wütend, daß man ihn aus der Werkstatt im Keller ausgewiesen hatte, bei dieser Gelegenheit unnötigerweise in einen sinnlosen Streit geriet.

Zu Hause, auf dem Küchentisch, fand er eine Vorladung des Strafrichters vor, am Dienstag, dem ersten Oktober, um acht Uhr vormittags zum Verhör zu erscheinen, ohne Erläuterung, in welcher Angelegenheit er vorgeladen wurde. Vor einer Stunde hatte ein Polizist sie gebracht und seine Frau gefragt, ob der Meister schon zu Hause sei. Es war ein gedrucktes Formular, auf dem mit Tinte Hrabaks Name, Adresse und die Unterschrift des Angestellten standen; daneben prangte ein schwarzer Stempel. Das Stück Papier sah dadurch, daß es nichts aussagte, besonders geheimnisvoll aus, und dem beunruhigten Hrabak, dem die Hand zitterte, während er es aufnahm und ansah, schien es, daß ihn seine Frau dabei irgendwie argwöhnisch von der Seite musterte wie einen verdächtigen Menschen, den die Behörden aus irgendwelchen Gründen ständig vorladen, in dessen Haus die Kommissionen ein- und ausgehen, den sie bestrafen, dem sie Geldbußen auferlegen, dem sie die Türen versiegeln, zu dem Polizisten auf den Hof kommen, ganz offen, damit es die Nachbarn sehen, und der jetzt auch noch gerichtliche Vorladungen erhielt. Auch sich selber kam er, als er sich im Spiegel betrachtete, verdächtig vor, und am Nachmittag, als er nichts zu tun hatte, weil die Schuppentür versiegelt war, und mit niemandem Kaffee trinken konnte, weil sich nicht einmal Aca Dimić auf dem Hof blicken ließ, und nicht schlafen konnte, weil ihm Gedanken, die selbst einen Toten aufwecken würden, zusetzten, fütterte er eine Zeitlang die Tauben, die ihm zutraulich und dankbar aus der Hand fraßen, und ließ sie dann aus dem Käfig heraus. Er sah zu, wie sie sich in die Luft schwangen und über ihm im Bogen dahinzogen, und er selbst setzte sich auf die Bank unter den Aprikosenbaum, lehnte sich mit dem Rücken an den Stamm und blinzelte wie eine Katze in der Sonne. Aber schon nach einigen Augenblicken war er wieder in Gedanken versunken.

Alles, was ihn bisher getroffen hatte, war eine Kleinigkeit im Vergleich zu dieser geheimnisvollen Vorladung. Die kleinen Leute aus den Vorstadtsiedlungen sind es gewohnt, mit der Polizei und den Behörden, Kommissionen und Inspektionen zu verkehren, aber wenn das Gericht hinzukommt, ist der Spaß vorbei. Im Halbschlaf ging Hrabak mit sich selbst ins Gericht, so wie es nach seiner Meinung die Richter tun. Weshalb wurde er vorgeladen? Wie und warum verfolgte man ihn? Was konnte er so Schlimmes verbrechen? Und während er sich das fragte, sein Gedächtnis und Gewissen durchforschte, entdeckte er, obwohl er sich für einen friedfertigen und anständigen Menschen hielt, zu seiner Überraschung durchweg mindestens drei Dutzend Gründe, deretwegen er zur Verantwortung gezogen, vor Gericht gestellt und – sowohl aus wirklichem Verschulden als auch infolge von Betrug und falscher Zeugenaussage – zu Gefängnis und Zuchthaus verurteilt werden könnte: Daß er vor zehn Tagen diesen Dieb gefesselt und verprügelt hatte … daß die alten Gaslampen, Holzkohleeisen, Kupferpfannen und das übrige Gerümpel, das er von einem Zigeuner und vom Altwarenhändler Pecelj gekauft und hier in ihrer Werkstatt ausgebessert und aufpoliert hatte, eigentlich gestohlene Sachen waren … daß er seine Frau Eržika vor gewisser Zeit zu einer alten Hexe zur Abtreibung geschickt hatte … daß er das Wasser für die Wasserleitung im Hof nicht über die Uhr geleitet hatte oder daß er für die Dienste, die er manchen Nachbarn erwies, keine Rechnungen ausgestellt hatte … daß bei ihm zu Hause ein unangemeldetes Radiogerät stand und daß er vor einiger Zeit im trunkenen Zustand alles mögliche gesagt hatte ... Dafür, daß man ihm am Morgen Material in die Werkstatt gestellt hatte, so daß man ihn beschuldigen könnte, er wolle es veruntreuen oder stehlen ... Vielleicht aber hatte der Pförtner Arsovski auch schon gemeldet, daß er ihn im Toilettenraum der Direktion mit der entblößten »Dunda« angetroffen habe ... Und so fielen ihm schlimme und immer schlimmere Gründe ein, die er sich aus Furcht nicht einmal selbst einzugestehen wagte. Der Schweiß trat ihm auf die Stirn, und er öffnete die Augen gerade zur rechten Zeit: Oben, am hellblauen Himmel, stoben seine Tauben in alle Richtungen auseinander, wie eine explodierende Bombe, und der Sperber hatte seinen besten und liebsten Tümmler geholt und ihn noch in der Luft mit Krallen und Schnabel gerupft und in Stücke gerissen.

23

Er sah das als ein schlechtes Zeichen an und brauchte auf die Bestätigung dieser Vorahnung nicht lange zu warten. Die Versammlung der Grundparteiorganisation fand am Montag, dem dreißigsten September, mit folgender Tagesordnung statt: »Erörterung des Beschlusses der achtzehnten Tagung der Kreisleitung und Formulierung der entsprechenden Aufgaben für die Grundorganisation mit einführenden Worten des Sekretärs der Grundorganisation und Diskussion. Zweitens: Organisatorische Fragen. Drittens: Verschiedenes.« Allen Mitgliedern der Grundorganisation wurde es zur Pflicht gemacht, zu dieser Versammlung im Saal des Sportklubs »Čukarički« zu erscheinen.

Aus dem aufbewahrten Protokoll geht hervor, daß an dieser Versammlung fast alle Mitglieder der Grundorganisation teilnahmen, abgesehen von einigen wenigen, die sich durch Krankheit oder wichtige dienstliche Aufgaben entschuldigt hatten. Das waren zum Beispiel der

Genosse Nemanja Vitas, Referent des Generaldirektors, sowie zwei exponierte staatliche Leiter und gesellschaftliche Vertreter, die auch sonst selten an Versammlungen dieser Art teilnahmen. Unentschuldigt fehlten nur fünf Mitglieder, aber später stellte sich bei zwei von ihnen, einem Handelsgehilfen des Kaufhauses »Vračar« und einer Schwester im Eisenbahnerkrankenhaus, heraus, daß sie zu besagter Zeit als Diensthabende an ihren Arbeitsplatz gebunden waren. Der Versammlung verlieh schon von Anfang an die unerwartete Anwesenheit des Sekretärs der Kreisleitung (Budislav Stanković, genannt »Buda«) und des Mitglieds der Bezirksleitung, eines gewissen Rajković, dessen vollständiger Name auch im Protokoll nicht angegeben wurde, eine außergewöhnliche Bedeutung und ein besonderes Gepräge. Es wurde festgestellt, daß der Sekretär der Parteigruppe die beiden herzlich empfing, sie den versammelten Mitgliedern vorstellte und ihre Anwesenheit als Zeichen der Aufmerksamkeit und als besonderen Beitrag zur bevorstehenden Diskussion begrüßte.

Über den ersten Tagesordnungspunkt referierte laut Protokoll der Sekretär der Grundorganisation. Er legte in kurzen Zügen die große Bedeutung der kürzlich stattgefundenen Zehnten Bezirkskonferenz sowie der im Zusammenhang damit stattgefundenen Achtzehnten Tagung der Kreisleitung dar. Einige Zeit verwandte er darauf, die Aufgaben zu formulieren, die sich seiner Meinung nach aus den Beschlüssen dieser beiden Foren ergaben und die zur Grundlage für die weitere Arbeit der Grundorganisation werden müßten. Er gab einen kurzen Überblick und forderte die Anwesenden zur Diskussion auf. Laut Protokoll meldete sich niemand zu Wort. Alles war klar und so vernünftig dargelegt worden, daß wahrscheinlich nichts hinzuzufügen war, oder die Mitglieder hatten das Gefühl, daß der Hauptgegenstand der Versammlung ein anderer, ein »organisatorischer« Punkt war. Den wollten sie offenbar abwarten.

Die Einführung gab der Parteigruppenorganisator. Er

verband seine Darlegungen mit dem vorhergehenden Tagesordnungspunkt und den Beschlüssen auf höherer Ebene, wonach es dringend notwendig sei, schädliche Erscheinungen auf dem Gebiet der Wirtschaft zu bekämpfen, und wandte sich zunächst kritisch der Situation im Bereich der Grundorganisation zu, in der es, wie aus seinen Ausführungen noch hervorgehen werde, in der vergangenen Periode zu gewissen Erscheinungen gekommen sei, die ihrer rein ökonomischen und finanziellen Auswirkung nach vielleicht nicht einmal bedeutend seien, aber in Anbetracht dessen, wo sie aufgetreten seien und wer sie verursacht habe, ansteckend wirkten und ein schlechtes Beispiel darstellten. Hätte man sich ihnen nicht auf das energischste entgegengestellt, so wäre es möglicherweise zu noch größeren Deformationen oder Exzessen mit noch schwerwiegenderen Folgen gekommen.

Die Mitglieder, die diese Einführung aufmerksam verfolgten, spürten, daß jetzt das Wichtigste kam. Nur aus diesem Grunde war die Versammlung anberaumt worden, und nur deshalb waren die beiden Vertreter von der höheren Ebene anwesend. Interessant war nur noch, von welchem Mitglied der Grundorganisation die Rede sein und wessen Name zuerst genannt werden würde. Stille trat ein, nur ein Stuhl knarrte.

»Ich möchte euch jetzt mit einem konkreten Fall aus unserem Bereich bekannt machen«, fuhr der Sprecher fort, »um so mehr, als er seit langem unsere Aufmerksamkeit verdient und als es unsere Grundorganisation leider versäumt hat, sich rechtzeitig mit ihm zu befassen.«

Einige Mitglieder senkten unbewußt die Köpfe, voller Bangen, daß der zu erwartende Schlag vielleicht auch auf sie niedergehen würde, und andere wandten sich fragend im Saal um, um zu schauen, wo der Blitz wohl einschlagen und wer von ihm getroffen werden würde.

»Es handelt sich um Svetislav Hrabak, Mitglied unserer Grundorganisation, im übrigen Klempner und Monteur der Generaldirektion, der sich, so glaube ich, hier unter uns im Saal befindet.

Der Sekretär hob den Kopf und sah die Teilnehmer an. Niemand rührte sich.

»Ist Hrabak hier?«

»Ja, hier bin ich!«

Eine dünne, furchtsame Stimme war zu vernehmen, und von seinem Platz erhob sich ein unscheinbarer Mann. Er blieb stehen, ins Leere blickend, als verstünde er nicht, was vor sich ging und weshalb man seinen Namen erwähnte.

»In Ordnung, setzen Sie sich!« forderte ihn der Sekretär auf, und Hrabak ließ sich auf den Stuhl fallen wie ein Schüler auf die Bank.

»Um mich nicht auf einen langatmigen Kommentar einzulassen, beschränke ich mich auf die Tatsachen und Angaben, die uns zugegangen sind. In erster Linie auf die, die uns der Betrieb, in dem Hrabak beschäftigt ist, übermittelt hat.

Darin heißt es: ›An die Parteiorganisation der VI. Ortsgruppe („Mostar") der Kreisleitung „Savski venac", Belgrad, 30. IX. und so fort.

Werte Genossen, die Allgemeine Verwaltung und die Kaderabteilung der Generaldirektion für allgemeine Angelegenheiten wenden sich mit diesem Schreiben an Euch und berichten über den Fall Svjatoslav (Svetislav) Hrabak, den Angestellten der Direktion, mit der Bitte, ihn genau zu erörtern und im Rahmen Eurer Befugnisse entsprechende politische Entscheidungen zu treffen.

Svjatoslav (Sveta) Hrabak hat, wie durch die Aussagen einiger Angestellter und Arbeiter der Direktion unwiderlegbar festgestellt wurde (es folgten die Namen der engsten Mitarbeiter Hrabaks, die den Mitgliedern dieser Parteigruppe nichts sagten, weil sie ihnen nicht persönlich bekannt waren), längere Zeit hindurch das Vertrauen der leitenden Mitarbeiter der Generaldirektion mißbraucht, das ihm, dem langjährigen Angestellten dieses Betriebes, weitgehend entgegengebracht wurde, unter anderem auch durch den Umstand, daß er zu allen Räumen des Hauses Zugang hatte, auch wenn keine Angestellten dort waren, und hat unbefugt das betriebliche Eigentum in Anspruch genommen, um sich unrechtmäßige Vorteile zu verschaffen.

Ausgehend von diesen egoistischen Zielen, hat Sveta Hrabak in den Diensträumen der Direktion jahrelang, ohne Miete zu zahlen oder irgendeine Entschädigung für verbrauchte Elektroenergie, Heizung und Werkzeuge zu leisten, aus staatlichem Material, das er, wie er zu seiner Verteidigung behauptet, aus Abfallprodukten gewann, verschiedene Ziergegenstände zum Verkauf angefertigt. Mit denselben Mitteln führte er in der Werkstatt der Direktion und auch außerhalb verschiedene Reparaturen und andere Dienstleistungen aus, sogar für eine ganze Reihe höchster Mitarbeiter der Direktion, ohne sie davon zu unterrichten, auf welche Art und mit welchen unzulässigen Mitteln er dies tat. Indem er sie auf diese Weise betrog, versetzte er sie in die peinliche Lage von Mitschuldigen, in der Hoffnung, dies würde ihm eines Tages als Ausrede und Rechtfertigung dienen, wenn sein Tun entdeckt und man ihn disziplinarisch oder sogar strafrechtlich zur Verantwortung ziehen würde.

All diese Tatsachen wurden von einer Sonderkommission festgestellt, die den Fall untersucht hat, und sie werden auch durch die Äußerungen einzelner Angestellter bestätigt, denen volles Vertrauen geschenkt werden kann. Hrabaks Rechtfertigung, er habe sich mit diesen Dingen in seiner Freizeit befaßt, sowie seine Behauptung, daß auch andere, ja auch die höchsten Angestellten der Generaldirektion ihre Räume und andere Vorteile wie Heizung und Licht genutzt hätten, um während der Arbeitszeit, für die sie vom Betrieb gut bezahlt würden, verschiedene Honorararbeiten zu erledigen – Artikel, Gutachten, Berichte usw. –, beweist nur, daß er auch nach alldem, was entdeckt wurde, die Schädlichkeit seiner Handlungsweise nicht eingesehen hat und weiter halsstarrig an seiner fehlerhaften Einstellung festhält sowie durch die Verleumdung angesehener und rechtschaffener Angestellten die eigene Verantwortung zu schmälern versucht. Auch seine Behauptung, er habe bei der Herstellung dieser Gegenstände Abfälle und in den Müll geworfenes Material verwendet, kann nicht akzeptiert werden. Das wäre so, als würde jemand eine Geldbörse mit Geld auf der Straße finden, sie sich aneignen und sich darauf berufen, sie als weggeworfenes Gut im Schmutz gefunden zu haben. Ebensowenig gilt Hrabaks Rechtfertigung, er habe den größten Teil dieser Arbeiten gratis und uneigennützig ausgeführt, denn es ist bekannt, daß er denselben leitenden Mitarbeitern dann mit seinen Anträgen um Wohnung, Beförderung und Lohnerhöhung zugesetzt und aus denselben Gründen versucht hat, mit dem Genossen Generaldirektor persönlich zusammenzukommen, unter dem Vorwand, er habe ihm etwas Wichtiges mitzuteilen. Im übrigen gibt er selber zu, das Werkzeug des Betriebes zu privaten Zwekken genutzt zu haben, betont aber, auch sein privates Werkzeug für dienstliche Zwecke gebraucht zu haben. Für die Heizung der Werkstatt habe er nicht gezahlt, weil sie nicht für ihn geheizt worden sei, und außerdem sei der Betrag für den Strom, den er verbraucht habe, unbedeutend im Vergleich zu der in Frage kommenden Entschädigung für seine Überstunden, für die er bis jetzt keinen Dinar verlangt und auch nicht erhalten habe.

Die Kommission des Betriebes, die den Fall untersuchte, hat auch gewisse materielle Verstöße und Versäumnisse im administrativen Bereich bei Hrabak festgestellt, zum Beispiel unsachgemäß geführte Bücher über den Materialverbrauch und ungenügender Nachweis über die erledigten Arbeitsaufträge. Der Leitung der Direktion wurde bereits vorgeschlagen, gegen ihn ein ordentliches Disziplinarverfahren einzuleiten und hinsichtlich der zahlreichen Verstöße und Versäumnisse entsprechende Disziplinarstrafen gegen ihn zu verhängen. Angesichts all dessen sowie des Umstandes, daß gerade zu der Zeit, als dieses Schreiben verfaßt wurde, der Verwaltung der Direktion noch zwei nachträgliche Anzeigen zugingen, deren Überprüfung noch im Gange ist, nämlich, daß der Genannte in seinem neuen Arbeitsraum noch vor einigen Tagen zwei Kisten mit neuwertigem Material abgestellt habe, um es zu verstecken und es sich später anzueignen, und daß er in den Räumen der Direktion in einer äußerst peinlichen Situation mit einer jüngeren Arbeitskraft angetroffen wurde, setzen wir Euch von obigem in Kenntnis in der Überzeugung, daß Euch diese Tatsachen, unabhängig von den weiteren Ergebnissen in der Arbeit der Kommission und möglicher disziplinarischer Maßnahmen, die wir gegen ihn treffen werden, genügend Material und Angaben bieten, um sein moralisches und politisches Verhalten auszuwerten, Hrabak zur Verantwortung zu ziehen und auch entsprechende Strafen seitens der Grundorganisation auszusprechen.‹«

Es folgten die üblichen Grußformeln, die Unterschriften von zwei Mitarbeitern der Generaldirektion und der offizielle Stempel des Betriebes.

In der Stille, die danach eintrat, blätterte der Parteigruppenorganisator in seinen Papieren und verlas dann auch den Brief der Handwerkskammer, indem diese die Generaldirektion informierte, daß ihr Angestellter Svetislav Hrabak bei sich zu Hause ohne Genehmigung arbeite und daß seine Werkstatt nicht registriert sei, dann den Bericht der Hygieneinspektion, die bestätigte, daß in Hrabaks Werkstatt unzureichende Arbeitsbedingungen herrschten, und schließlich auch den des Referats Einnahmen der Bürger, eigentlich des Steueramtes, der besagte, daß Hrabak seine in der Werkstatt erzielten Einkünfte verheimlicht habe und für diesen Verstoß mit einer Geldstrafe belegt worden sei. Diese drei Anzeigen, sagte der Parteigruppenorganisator, würden sich vorwiegend auf Wirtschaftsvergehen beziehen, aber auch sie wären für die Aufklärung des ganzen Falls wichtig, denn sie würden auf die Person des Svetislav Hrabak ein bezeichnendes Licht werfen. Deshalb unterbreite er – und hiermit beende er seine Ausführungen – den ganzen Fall der Grundorganisation zur Erörterung, um die Schwere der Schuld, die Hrabak träfe, abzuwägen und darüber einen entsprechenden Beschluß zu fassen.

Als erster meldete sich ein Mann zu Wort, der sich als Milan Dozet vorstellte, Mitglied der Grundorganisation erst seit kurzer Zeit und wahrscheinlich auch erst seit kurzem im Bezirk »Mostar« wohnhaft, denn von den Anwesenden kannte ihn fast niemand. Im Protokoll wurde seine Tätigkeit nicht erwähnt, aber nach dem, was er aufgrund von Hrabaks Akte in der SI-Abteilung und der ihm bekannten Tatsachen erklärte, konnte man annehmen, daß er mit dieser Abteilung in Verbindung stand oder sogar ihr Mitarbeiter war.

»Ich möchte den Genossen Gruppenorganisator gewissermaßen ergänzen und auch ein wenig berichtigen«, begann er. »Aus den ziemlich trockenen und spärlichen Angaben, die er uns eben verlesen hat, könnte sich ergeben, daß wir einen guten Arbeiter mit einem sauberen persönlichen Leben und ehrlicher Vergangenheit vor uns haben, dem es vielleicht aus Unkenntnis oder purem Leichtsinn zum erstenmal passiert ist, gegen unsere Moral und gegen unsere Rechtsvorschriften zu verstoßen, und daß wir in seinem Fall äußerst umsichtig und verständnisvoll vorgehen müßten, bereit, ihm zu verzeihen, und uns in unseren Beschlüssen auf kameradschaftliche Kritik oder im äußersten Fall auf milde Erziehungsmaßnahmen beschränken sollten. Die Tatsachen liegen jedoch ganz anders, und wenn wir uns früher eingehender für ihn interessiert hätten, brauchte es niemanden zu überraschen, was ich jetzt sage, und wir hätten in diesem Fall Hrabaks schädlichem Treiben sicherlich viel früher ein Ende gesetzt. Es geht darum, daß Hrabak schon bei der Aufnahme in die Partei diese bewußt belogen hat, indem er eine ganze Reihe von Tatsachen und Daten aus seiner Vergangenheit verschwieg und verschleierte, um sich in einem besseren, günstigeren Licht zu zeigen und so das Vertrauen unserer Mitglieder zu erschleichen. Das ist klar ersichtlich, wenn man seine Angaben im Fragebogen und in seinem Lebenslauf mit den wahren und überprüften vergleicht.

Vor allem heißt er nicht Svetislav Hrabak, sondern Svjatoslav. Der Name seines Vaters ist nicht Maxo oder Maxim, sondern Maximilian, und seine Mutter hieß nicht Štefica, sondern Štefanija. In seinen Angaben führte er an, daß er der Herkunft nach Arbeiter sei, sozusagen Metallarbeiter mit langer Tradition in der Arbeiterbewegung, Sozialist fast seit Marx und Svetozar Marković. In Wirklichkeit hat sein Vater, wenn er zu Beginn auch tatsächlich Schlosser und Mechaniker war, sein Zuhause und seine Arbeit im Stich gelassen, war danach Zirkusgehilfe, zuständig für die mechanischen Karussells und Kinderschießstände, und riß bei Bedarf in Zirkuslivree am Eingang die Karten ab. Hier hat er Štefanija Štrobl kennengelernt, eine Trapezkünstlerin, mindestens fünf bis sechs Jahre älter als er, verheiratet, mit einer Tochter. Mit ihr verließ er, nachdem er sie mit ihrem Mann entzweit hatte, den Zirkus und blieb natürlich in Belgrad, als der Zirkus vor der bekannten Okkupationskrise die Stadt verließ. Außer der Frau hatte Maximilian Hrabak, der Vater dieses Mannes hier, auch einige Zirkusrequisiten, ein Karussell, eine Drehorgel und einen Schießstand behalten, mit denen er später am Tašmajdan ein eigenes Unternehmen eröffnete. Für einige Zeit arbeitete er auch in der Bajlon-Brauerei als Maschinist und blieb bis zum ersten Krieg hier. Nach der österreichischen Besetzung Belgrads wurde er als Deserteur an die russische Front geschickt, wo in den Karpaten jede Spur von ihm verlorenging, was jedoch unseren Hrabak veranlaßt hat, in seinem Lebenslauf zu erklären, sein Vater sei zu den Russen übergelaufen und später als Kämpfer der Roten Armee ums Leben gekommen. Seine Mutter befaßte sich danach mit verschiedenen dunklen Geschäften, hier bei uns, in Wien, Graz und

Prag, hauptsächlich mit Schwarzhandel, Schmuggel, Wahrsagen und Verführung Minderjähriger, worüber auch in unseren Kriminalkarteien Angaben aufbewahrt sind. Die Tochter aus erster Ehe nahm sie anscheinend mit sich, während sie ihn, Hrabak, und seinen älteren Bruder zurückließ, die in unseren Kinderheimen unter der Fürsorge verschiedener Wohltätigkeitsvereine und des Amtes für vernachlässigte Kinder aufwuchsen, mit dessen Hilfe sie auch das Mechaniker- und Klempnerhandwerk erlernt haben. An das Nomadenleben gewöhnt, streifte auch er durch einige Nachbarländer, schloß sich nach alter Familientradition eine Zeitlang einem Zirkus an, betätigte sich ebenso wie sein Vater und heiratete hier, in Triest, eine gewisse Mira (eigentlich Mirella) Gladich oder Gladić, slowenischer Herkunft, aber italienische Staatsbürgerin und anscheinend eine ehrbare Frau, obwohl aus übelbeleumdeter Familie, die sich auch jetzt noch in Italien mit Schmuggel und Mafiageschäften befaßt. Mit ihr hatte er zwei Söhne. Der eine brach, nachdem er sich zum Mechaniker qualifiziert hatte, nach dem Tod der Mutter (unter zweifelhaften Umständen) und der erneuten Heirat Hrabaks jede Beziehung zum Vater ab, zog fort und gründete seine eigene Familie. Der zweite, der aus allen Schulen ausgewiesen wurde, wurde Fußballer, spielte bis vor kurzem in der ersten Mannschaft des Klubs »Roter Stern« und ging dann als Profi ins Ausland, soviel wir wissen, nach Frankreich. Hrabak ist das zweitemal seit ungefähr zehn Jahren mit einer gewissen Eržebet-Eržika Molnar, einer ehemaligen Reinigungskraft aus der Generaldirektion, verheiratet, die bedeutend jünger ist als er; er schließt sie im Haus ein und läßt sie auch nicht zu politischen Versammlungen und gesellschaftlichen Veranstaltungen gehen, während er sich zur selben Zeit heimlich mit einer zweifelhaften Frau aus der Šumatovac-Straße trifft, ihr den größten Teil des Geldes gibt, das er auf unzulässige Art verdient, auf die der Genosse Parteigruppenorganisator schon hingewiesen hat. Die Erziehung seiner kleinen Tochter aus der zweiten Ehe, die in der Grundschule zum zweitenmal sitzengeblieben ist, wird von ihm vernachlässigt.

Weshalb Hrabak, als er seinerzeit der Parteigruppe Angaben über sich und seine Familien machte, einige Dinge verheimlichte und verschwieg und die übrigen beschönigte oder übertrieb, das wird er, hoffe ich, seiner Parteigruppe erklären, oder es wird bald auf andere Art und in Verbindung mit ernsteren Dingen ans Tageslicht kommen. Eines seiner Motive war sicherlich auch der Wunsch, vor uns in einem besseren, wenn auch falschen Licht zu erscheinen. Genauso trügerisch ist auch seine öffentliche gesellschaftliche Tätigkeit. Auch sie vervollständigt das wahre Bild von ihm.

Obwohl er sich zum Beispiel ständig auf seine Metallarbeiterherkunft und die langjährige traditionsgemäße Zugehörigkeit zur Arbeiterbewegung beruft, hat dieser ›Arbeiter‹, der sich hier auch vor uns verwirrt und erschrocken zeigt – ihr habt ihn ja beobachtet, als ihn der Sekretär aufrief! –, wie ein Kind, das in einem fremden Melonenfeld aufgegriffen wurde, vor dem Krieg während des Streiks seine Kameraden im Städtischen Wasserwerk im Stich gelassen, die Stelle als Hauswart im neuen Gebäude der ›Handelskammer‹ angenommen und erklärt, er müsse schließlich zusehen, wo er bleibe, und sich um seine Familie kümmern, weil ihm das niemand abnähme. So, nach dieser Devise, verhielt er sich auch während des Krieges, den er im großen und ganzen ruhig und sicher an seinem Arbeitsplatz im Gebäude der ›Handelskammer‹, in der eine Zeitlang auch der Stab des deutschen Oberkommandos Süd-Ost saß, überstanden hat. Und während die anderen, jüngeren und besseren, in jener Zeit umgekommen sind, zum Beispiel einige seiner Freunde und Arbeitskollegen, wartete er vormittags den Besatzern die Installationen und saß nachmittags zum Essen und Trinken unterm Aprikosenbaum auf dem Hof in Gesellschaft eines gewissen Aca Dimić, eines Menschen von verdächtiger Haltung und noch verdächtigerer politischer Auffassung, der noch heute das Hauspatronfest feiert und zu jedem religiösen Feiertag Kerzen anzündet.

Jedoch diese Passivität Hrabaks in gesellschaftlich entscheidenden Situationen hindert ihn nicht daran, sich nach dem Kriege, im Verlauf all dieser Jahre, auf seine angeblichen Verdienste zu berufen und ihretwegen ständig gewisse Privilegien für sich zu fordern wie Wohnung, Beförderung, Lohnerhöhung, bessere und leichtere Arbeit und so weiter. Und weil es trotz aller Bemühungen der verantwortlichen Mitarbeiter in der Generaldirektion für allgemeine Angelegenheiten nicht möglich war, all die unersättlichen Gelüste Hrabaks zufriedenzustellen, verwandelt er sich immer mehr in einen offenen politischen Miesmacher, der, in der Entwicklung zurückgeblieben, unsere jetzige Wirklichkeit nicht versteht und in den Maßnahmen unserer neuen Wirtschaftspolitik ein Abweichen vom wahren Weg der sozialistischen Entwicklung sieht. Aber während er in Gasthausgesprächen andern verübelt, daß sie hohe Gehälter beziehen, und den Arbeitern in den Wirtschaftsunternehmen vorwirft, daß sie den Profit teilen, versucht er selber, wie ihr dem Schreiben seines Betriebes entnommen habt, sich auf unzulässige Art zu bereichern. Während er anderen vorwirft, sich ungenügend um die allgemeinen staatlichen Belange zu kümmern, und eine Art Askese und Gleichmacherei predigt, verbringt er selbst seine Zeit in den Kneipen, in Gesellschaft verschiedener deklassierter Elemente, und verleumdet unsere leitenden Vertreter, besonders die aus der Generaldirektion, und wenn von ihm verlangt wird, sich lebhafter am gesellschaftlichen Leben zu beteiligen, erklärt er, daß ihn das nichtsagende Konferenzgerede langweile und daß es jetzt Zeit sei, sich weniger um die allgemeinen Dinge und mehr um sich selbst und den eigenen Vorteil zu kümmern.

Deshalb glaube ich, werte Genossen, daß heute abend durch das Schreiben der Generaldirektion, durch die

Mitteilungen einiger Verwaltungsbehörden und Institutionen, durch die Ausführungen des Parteigruppenorganisators und durch meine Darlegungen Hrabaks gesellschaftliches und politisches Profil klar genug umrissen worden ist. Ruhigen Gewissens und ohne weitere wertvolle Zeit zu opfern, sollten wir gegen ihn die strengsten politischen Maßnahmen anwenden und ihn aus unserer Mitte ausschließen. Unsere Grundorganisation wird dadurch nichts einbüßen, im Gegenteil, sie wird Ansehen und Festigkeit erlangen, und an seinen Platz wird ein anderer treten, der ergebener und besser ist. Zum Abschluß schlage ich der Grundorganisation vor, sofort abzustimmen und einen Beschluß zu fassen. Für Leute wie Hrabak gibt es unter uns keinen Platz.«

Die Diskussion war damit jedoch nicht abgeschlossen. Es meldeten sich noch etwa zehn Mitglieder zu Wort. Ihre Beiträge wurden jedoch im Protokoll nur in kurzen Auszügen festgehalten. Der Protokollführer war wahrscheinlich ermüdet oder meinte, das Wichtigste wäre schon in den Darlegungen des Gruppenorganisators und des ersten Redners enthalten, und was danach folgte, würde eigentlich mehr die Stimmung der übrigen Mitglieder illustrieren als den Fall Hrabak ergänzen. Ein gewisser Steva Dokić, Rentner, sagte, daß ihm alles klar sei. Er dankte dem Genossen aus der Abteilung für innere Angelegenheiten, daß er den Genossen Gruppenorganisator so gut ergänzt und ihnen allen die Augen geöffnet habe. Es frage sich, was es hier noch zu diskutieren gäbe. Man müßte sich die bisherigen Versäumnisse selbstkritisch vor Augen führen und rasch den Vorschlag des Genossen Miladin (?) beherzigen. Die Genossin Rosa Mikić sagte, daß man während des Krieges in ihrer Einheit für geringere Verstöße erschossen worden sei. Heute seien leider mildere Bestimmungen in Kraft, und deshalb häuften sich solche Erscheinungen auch immer mehr. Sie sei selbstverständlich mit dem unterbreiteten Vorschlag einverstanden und unterstütze ihn aus vollem Herzen, aber sie erspare dem Genossen Dozet und den leitenden Persönlichkeiten der Generaldirektion nicht den Vorwurf, daß sie die Parteigruppe nicht früher von Hrabaks Verstößen informiert und darauf aufmerksam gemacht hätten, welche Schlange sie an ihrem Busen nährten. Zugleich tadelte sie auch die Milde und Nachsichtigkeit. Der Fall sei so, daß man auch von ihnen erwarten könnte, sofort und ohne Aufschub im Rahmen ihrer Befugnisse entsprechende administrative Maßnahmen zu treffen, weil die Strenge bei der Ahndung solcher Erscheinungen und die Entschlossenheit, sie schon mit der Wurzel auszurotten, als einziges in der Lage seien, die Reinheit der Gesellschaft und ihre weitere Entwicklung zu wahren.

Den Vorschlag zur Bestrafung unterstützten noch drei, vier weitere Diskussionsredner, auch Risto Bakoč, Schaffner des städtischen Verkehrsunternehmens, Hrabaks und Dimić' Nachbar rechts an der Straße und links bei der sonnabendlichen Runde in der Gaststätte »Mostar«. Er erklärte, schon früher bei Hrabak gewisse »Deformationen« bemerkt zu haben. Er habe in kleinlicher Art seinen Hof von dem seinen mit Stacheldraht abgegrenzt und die Kinder mit Steinen vertrieben, die – wie Kinder nun einmal sind – in Dimić' Garten gestiegen seien und Aprikosen gepflückt hätten. Seine Frau läge mit der ganzen Nachbarschaft in Streit, wäre neidisch und erbost, daß andere Kinder gesund und gut entwikkelt seien, ihr Kind dagegen krank und zurückgeblieben. Und obgleich sie unmittelbare Nachbarn wären, sozusagen Tür an Tür wohnten und beide Arbeiter und Handwerksmeister seien, hielte sich Hrabak abseits, als sei es weit unter seiner Würde, mit ihm zu verkehren. Noch nie habe er ihn im Lokal zum Kaffee eingeladen oder ihm eine Zigarette angeboten.

Gegen Ende der Diskussion meldete sich auch die alte Lehrerin der Grundschule, eine gewisse Bossa Savić, zu Wort und plädierte dafür, wahrscheinlich in ihrer langen pädagogischen Praxis daran gewöhnt, jeden zu erziehen und zu bessern, man müsse Geduld haben und mit erzieherischen Maßnahmen versuchen, noch etwas zu erreichen. Svetislav Hrabak sei ein langjähriges Mitglied dieser Grundorganisation, und bisher habe es mit ihm keinerlei Probleme gegeben. Sie habe über ihn in all der Zeit nichts Schlechtes gehört, aber sie erinnere sich, ihm nach dem Krieg bei der Beseitigung der Ruinen oft bei der freiwilligen Arbeit begegnet zu sein, und sie kenne ihn als einen sehr wertvollen, opferbereiten Werktätigen, der in seiner Einsatzbereitschaft auch gegenüber denen, die ihn jetzt kritisieren, beispielhaft gewesen sei. Man müsse zuerst mit ihm sprechen und prüfen, was ihn zu diesen Handlungen, deretwegen er beschuldigt werde, treibe, und vor allem hören, was er zu den Beschuldigungen zu sagen habe, und dann erst den Stab über ihn brechen. Man antwortete ihr ziemlich derb, daß Hrabak kein Kind sei, das noch erzogen werden könne, und daß man sich wundere, wie sie nach all den Ausführungen des Genossen Sekretärs und des Genossen Dozet gleichgültig bleiben und sogar noch Worte des Verständnisses, der Rechtfertigung und des Lobs für diesen Typ wie Hrabak finden könne. Alles das spräche dafür, daß auch sie, obwohl altes Parteimitglied und Mitarbeiterin des Bildungswesens, von kleinbürgerlichen Vorurteilen befangen sei, und wahrscheinlich wäre auch ihr übel mitgespielt worden, wenn nicht der Sekretär schleunigst das Wort ergriffen und die Diskutierenden darauf aufmerksam gemacht hätte, daß der Gegenstand der Diskussion und der heutigen Erörterung der »Fall Hrabak« sei und nicht der der Lehrerin Savić. Er äußerte die Erwartung, daß Hrabak nach alldem, was hier dargelegt worden sei, soviel moralische Kraft finden würde, Selbstkritik zu üben und die Ursachen für sein Verhalten zu erläutern. Da Hrabak jedoch hartnäckig zu schweigen beschlossen habe, obwohl er sich sonst ständig darüber beklage, daß man ihn nicht anhören wolle, schlage er vor, über den Antrag auf Ausschluß von Svetislav Hrabak abzustimmen. Wer für die Strafe sei, den bitte er um das Handzeichen.

Aus dem aufbewahrten Protokoll geht hervor, daß hundertneunundachtzig anwesende Mitglieder für die Strafe stimmten. Gegenstimmen gab es nicht. Registriert wurde eine Stimmenthaltung, wahrscheinlich die der alten Lehrerin, die bei ihrem Vorschlag geblieben war. Hrabak hatte entweder gar nicht abgestimmt, oder man hatte ihn schon als nicht mehr anwesend betrachtet. Vielleicht aber hatte er auch, verwirrt und mit zugeschnürter Kehle, ohne zu wissen, was sich tat und worum es ging, mit all den übrigen seine dünne, schwielige Hand erhoben.

24

Von Hrabaks Fall wurden dann nacheinander auch alle gesellschaftlichen und politischen Organisationen des Stadtbezirks informiert, an erster Stelle, als das umfassendste und wichtigste, das zuständige Organ des Sozialistischen Bundes. Durch diese Körperschaft wurde der »Fall Hrabak« in der ganzen Straße und in zwei, drei Nebenstraßen bis zum Gasthaus »Mostar« publik gemacht, in dessen Nähe auch das Sekretariat der Organisation seinen Sitz hatte. Fürs erste wurde er nur grundsätzlich als schädliche Erscheinung erwähnt, von der man sich distanzieren und die man bekämpfen müsse, und so verallgemeinert und unbestimmt, mit gewissen politischen Andeutungen wirkte der Fall noch eindrucksvoller, ungefähr wie die bösartige Krankheit Skorbut. Hrabak wohnte dieser Versammlung nicht bei, aber sein Name wurde selbstverständlich mehrmals erwähnt, und außerdem ging es um einige Mitglieder der Grundorganisation, die sich in diesem Fall schwankend verhalten hatten, obwohl gerade von ihnen als Mitarbeiter des Bildungswesens, denen die Erziehung der Jugend anvertraut war, mehr Prinzipienfestigkeit und politische Wachsamkeit erwartet wurde. Dabei dachte man offenbar an die Lehrerin Savić, obwohl sie nicht genannt wurde. Es wurden keinerlei organisatorische oder politische Maßnahmen vorgeschlagen und auch keine Beschlüsse gefaßt. Das war auch nicht erforderlich. Nach allem, was auf der Versammlung gesagt worden war, wußte man ohnehin aus Erfahrung, was in solchen Fällen gewöhnlich folgte.

Und in der Tat wurde auch bald in der Bezirksvereinigung des Verbandes der Widerstandskämpfer von diesem Fall gesprochen. Das Komitee für Nationale Technik des Stadtbezirks Savski venac, dem Hrabak angehörte, beschloß, ihn nicht mehr zu den Versammlungen einzuladen, und die Gewerkschaftsgruppe der Generaldirektion für allgemeine Angelegenheiten, die die ganze Sache betraf, setzte eine außerordentliche Versammlung des Kollektivs an, auf der auch Hrabak anwesend war. Er war gefaßt, hatte sich diesmal gut vorbereitet und verteidigte sich hartnäckig und erbittert. Über zwanzig Jahre war er ein rechtschaffener und ehrlicher Angestellter gewesen. Und das nicht nur nach seiner Auffassung und seinen Maßstäben, die voreingenommen und umstritten sein konnten, sondern auch nach den bisherigen Beurteilungen und Anerkennungen, die ihm im Dienst ausgesprochen wurden, wo er mehrmals öffentlich belobigt und nie von irgend jemandem kritisiert worden war. Die ganze Zeit war er mindestens fünfzehn Minuten früher als die anderen zur Arbeit gekommen und um genausoviel später als die anderen von der Arbeit weggegangen. Zählte man allein das zusammen, ohne die anderen beträchtlichen Überstunden hinzuzurechnen, so würde sich ergeben, daß all das Material, das er in der Direktion genutzt habe, damit mehr als bezahlt sei und daß der Betrieb ihm sogar noch eine Menge Geld schulde. Es stimme, daß er in der Freizeit manchmal kleinere Reparaturen in der Werkstatt der Direktion erledigt habe, aber in den meisten Fällen habe es sich gerade um Dienste für seine Vorgesetzten gehandelt. Bügeleisen, Rechauds, Ventilatoren und Heizgeräte. Sie alle wüßten sehr gut, wo diese Reparaturen erledigt wurden und daß dabei auch das Werkzeug und Material des Betriebes verwendet wurde, das ihnen nicht gehörte und das er sich nicht von ihnen bezahlen ließ. Er habe sich damit hier und auch bei sich zu Hause befaßt, da sein Lohn der niedrigste in der gesamten Direktion gewesen sei und niemand ihn gefragt habe, wie er damit auskomme und wovon er eigentlich lebe. Weshalb hätte er sonst in der Freizeit gearbeitet, anstatt sich auszuruhen, wie es andere machten. Wäre er denn der einzige, der sich mit solchen Privatarbeiten befaßt? Auch der Pförtner Arsovski habe ihn gebeten, ihm dabei zu helfen, irgendeinen Nebenverdienst zu finden, und es ist nicht seine Schuld, daß der nichts anderes verstehe, als sich über andere zu beklagen. Und auch soviel andere Angestellte schrieben, soweit ihm bekannt sei, hier in der Direktion Artikel für verschiedene Fachzeitschriften, fertigten Übersetzungen oder Berichte für gut zahlende Kommissionen an, und dennoch falle es niemandem ein, ihnen das anzukreiden und ihnen vorzuwerfen, daß sie diese Dinge am Arbeitsplatz, mit Dienstmaschinen und volkseigenem Papier erledigten.

Auch für alle anderen Anschuldigungen hatte er diesmal passende Antworten und entsprechende Rechtfertigungen bereit. Das Material, das er genutzt hatte, waren wertlose Abfälle, die er jahrelang dort aufgesammelt hatte, wo andere sie großzügig hingeworfen haben. Niemandem hatte es gehört, nirgends wurde es registriert, folglich konnte sich niemand als geschädigt betrachten. Übrigens ist es auch jetzt noch in verschiedenen Installationen des Hauses und auch in den Häusern einzelner Funktionäre eingebaut, denen er Reparaturen erledigt hat, nicht weil es ihm Geld brachte, denn sie sind nicht gerade freigebig und großzügig, wenn sie aus der eigenen Tasche bezahlen sollen, sondern weil er es ihnen nicht abschlagen konnte, ebenso wie die übrigen unteren Angestellten und Handwerker der Direktion, die ihnen die Autos reparieren, Artikel auf der Maschine abschreiben und Zeitungen und Kaffee bringen. Und wenn man meint, daran sei etwas Unzulässiges, so sei er auch jetzt bereit, all das wieder auszubauen und auf den Müllhaufen zu werfen. Er warte nur darauf, daß man es anordne. Und was all das übrige betreffe, so handele es sich nur um die gewöhnlichsten Unterstellungen, die in letzter Zeit von allen Ecken und Enden gegen ihn vorgebracht werden. Seine Werkstatt wird ihm hier geschlossen, in seiner Werkstatt zu Hause wird eingebrochen, verschiedene Kommissionen werden ihm ins Haus geschickt, ebenso polizeiliche und gerichtliche Vorladungen für Vergehen; man maßregelt ihn, verurteilt ihn zu Geldstrafen, Steuern erlegt man ihm auf, als sei er ein Kriegsgewinnler, und in seiner Abwesenheit bringt man ihm Kisten mit verschiedenem Material in den Arbeitsraum, um ihn zu beschuldigen, er habe sie versteckt und sich angeeignet, und so weiter argumentierte er, was ihm aber auch nicht geholfen hätte, denn diejenigen, die ihn angriffen, weil sie es auf Anordnung taten und nicht aus eigenem Antrieb, verschlossen sich sowieso gegen alle Argumente.

Aber dann kam unversehens etwas, was Hrabak vollends vernichtete.

»Und hast du auch ›Dunda‹, so nackt, im Abfall gefunden, oder hat man sie dir auch untergeschoben?« warf jemand boshaft von den hinteren Reihen ein. Alle lachten laut. Hrabak wurde über und über rot, sogar bis zur Nasenspitze, die gewöhnlich weiß war, und verstummte jäh. Er reagierte weder auf Arsovskis Vorschlag, den ganzen Fall der Konfliktkommission zu übertragen, noch auf den Umstand, daß dieser Vorschlag unter dem allgemeinen Aufbruch der Mitglieder der Gewerkschaftsgruppe, die sich schon von ihren Plätzen erhoben, weil schon zwei Stunden vergangen waren und alle nach Haus zu kommen trachteten, einstimmig durch Handzeichen angenommen wurde.

25

Hrabaks wirkliche Antwort auf all diese Angriffe ist in den Aufzeichnungen des Abhördienstes enthalten. Man könnte sie mit einem Wort einen Fluch nennen, und zwar jenen schlimmsten, der eine gewisse Tätigkeit beschreibt, in verschiedenen Varianten und mit unseren traditionellen, reichen sprachlichen bildlichen Verzierungen ausgeschmückt. Einige dieser Aufzeichnungen sind als Abschrift erhalten und können zitiert werden, aber dies geschieht aus Gründen des Anstands und auch, um Einwände des Zensors zu vermeiden, nur mit gewissen unerläßlichen Milderungen oder Kürzungen. Zum Beispiel:

»Nach Hause gekommen, begann Hrabak sofort, sozusagen noch in der Tür, über Gott, den Vater, den Heiligen, die Generaldirektion und den Generaldirektor und seine Referenten sowie über alle Leiter und Angestellten zu schimpfen. ›Was ich ihnen sagen will, wollen sie nicht hören, aber sie möchten auch das abhören, was ich dir zu Hause im Bett sage. Soll sie doch der Teufel holen! Du wirst sehen, daß es mir nicht mal leid tun würde, wenn ich, völlig unschuldig, selbst dabei draufginge!‹ Seine Frau meinte, es wäre besser, sich um seine Arbeit, um sie, das Kind und den Haushalt zu kümmern und sich weniger um die dienstlichen Belange und den Staat aufzuregen, um den man sich auch ohne ihn sorge. ›Du hast es leicht!‹ sagte er. ›Auch ich würde so handeln mit meinem Verstand, aber was macht man nicht alles, wenn man zwischen Feuer und Wasser zu wählen hat, aber das eine nicht löschen und im anderen nicht schwimmen kann. Was würdest du tun, wenn dir ein Paket in die Hand gedrückt wird, und du stellst fest, es ist eine Bombe, die nur noch nicht explodiert ist? Du willst sie aber auch nicht wegwerfen, weil du andere dabei töten und als Attentäter hingestellt werden könntest, und in den Händen fühlt sie sich an wie brennende Kohle, denn du kannst jeden Augenblick umkommen!‹ Seine

Frau erwiderte, sie verstünde ihn nicht, und fragte, worum es ginge und weshalb er sich in letzter Zeit so sehr aufregte. Er antwortete ihr, das sei ein Geheimnis, über das man nicht sprechen könne, weil dies gefährlich sei. Es wäre auch für sie besser, ihn nicht danach zu fragen, denn auch sie würde ins Unglück geraten, in das er ohne eigene Schuld geraten sei. Damit endete das Gespräch, und den Meister schien diese Erklärung zu beruhigen. Nach dem Essen legte er sich hin (siehe Band Nr. 8, von 20 bis 40).«

Oder:

»Hrabak wurde heute, um fünf Uhr nachmittags, aus einer öffentlichen Telefonzelle angerufen, die sich, wie festgestellt wurde, an der Ecke Šumatovac- und Maxim-Gorki-Straße befindet, und eine Frauenstimme fragte ihn nach einem ›Sei gegrüßt, Svjatko!‹, weshalb er gestern, wie versprochen, nicht vorbeigekommen sei. Den Worten der Frau konnte man entnehmen, daß ihr viel daran gelegen war, ihn zu sehen, daß sie den ganzen Nachmittag auf ihn gewartet hatte; und nach der Art, wie sie mit ihm redete, waren sie alte Bekannte und unterhielten engere Beziehungen. Sie kannte auch seinen richtigen Namen – Svjatko –, der bis vor kurzem nicht einmal in der Generaldirektion jemandem geläufig war. Ihrem Akzent nach könnte man sie als Ausländerin bezeichnen – unsere Sprache ist nicht ihre Muttersprache –, und obwohl sie sie recht gut beherrscht, ist sie noch nicht imstande, einige Konsonanten so auszusprechen wie wir (man müßte einen Experten, einen Sprachwissenschaftler, hinzuziehen, um das Band abzuhören und die Nationalität der Frau festzustellen). Hrabaks verwirrten Antworten und seinem kurzen Atem zufolge könnte man sagen, daß er erschrocken war, als er hörte, wer ihn anrief, und daß es ihm nicht recht war, daß sie ihn zu Hause zu erreichen versuchte. Man merkte, daß es ihm unangenehm war und daß er das Gespräch beenden wollte, bevor seine Frau hereinkam. Er fragte die Unbekannte, ohne ihren Namen zu nennen, woher sie seine Nummer habe, und sie entgegnete, sie hätte ihn schon den ganzen Vormittag über vergebens in der Direktion zu erreichen versucht, und da hätte ihr der freundliche Pförtner – ein gewisser Arsovski oder Arkovski, sie habe seinen Namen nicht richtig verstanden – gesagt, auch er könne ihn nicht finden, und sie aufgefordert, ihm zu sagen, was sie wünsche. Er würde Hrabak, sobald er ihn sähe, die Nachricht übermitteln. Sie habe dem Pförtner erklärt, es gehe um eine Privatangelegenheit, deshalb möchte sie mit dem Meister selbst sprechen. Er habe ihr dann mitgeteilt, Meister Hrabak habe seit kurzem auch zu Hause ein Telefon (Weshalb hast du mir das nicht gesagt, Svjatko?), und ihr freundlicherweise auch die Nummer gegeben, unter der sie ihn erreichen könne. Um das Gespräch zu beenden, sagte ihr Hrabak, er werde alles genauer erklären, sobald sie sich träfen, bis dahin möge sie sich gedulden. Er sei verhindert gewesen, zu ihr zu kommen, habe aber die Absicht, sie heute oder morgen um dieselbe Zeit aufzusuchen. Sie entgegnete, daß sie ihn erwarte, aber da die Sache sehr ernst und eilig sei, würde sie gezwungen sein, ihn zu Hause anzurufen, wenn er sein Versprechen wiederum nicht halte. ›In Ordnung, gut!‹ unterbrach Hrabak sie. ›Auf Wiedersehen!‹ Dann legte er auf und sagte erleichtert: ›Die fehlt mir auch noch!‹ Er fluchte unanständig und sehr derb (siehe Band Nr. 26, von 120 bis 180).«

Oder:

»Hrabak ist erkrankt – Hämorrhoiden! Auf dem Klosett (im Hof, ebenfalls mit Abhöranlage) beginnt er jedesmal nach gewisser Zeit zu stöhnen und zu fluchen (über Gott, den Apostel Paulus und den Heiligen Johannes), und neben den Schimpfreden über die Heiligen und ähnlichen unpolitischen Flüchen sagt er auch solche, in denen seine Unzufriedenheit mit dem Leben, der Welt, der Gesellschaft und unserer Ordnung zum Ausdruck kommt. Zum Beispiel: ›So ein Leben, in dem der Mensch nicht einmal anständig scheißen kann!‹ Oder:

›Ja, mein Sveta, andere haben in deinem Alter schon längst Häuser und Wohnungen erworben, und du hast nicht einmal ein anständiges Klosettbecken, wo du deinen A... hinsetzen kannst, sondern mußt dich noch auf diesem Loch abquälen! Aber die Zeit wird kommen, da auch sie sich einen Platz suchen müssen, wo sie ihren A... lassen. Aber dann wird kein Platz dafür dasein, weil er ihnen inzwischen so fett geworden ist, daß er nicht mal mehr in einen Sessel paßt ... (Band Nr. 76, von 54 bis 89)!«

Oder:

»Hrabak ist gestern abend, nachdem der Fernseher ausgestellt wurde, zu seiner Frau ins Bett gegangen. Zuerst wehrte sie ihn ab. ›Laß mich in Ruhe!‹ weigerte sie sich. ›Ich hab keine Lust, den ganzen Tag hab ich Wäsche gewaschen. Ich hab keine Maschine wie deine Gnädigen aus der Direktion!‹ Er bedrängte sie wahrscheinlich weiter, und schließlich gab sie nach. ›Lösch wenigstens das Licht!‹ verlangte sie. ›Und paß auf, daß uns Ivana nicht hört.‹ Und er sagte: ›In Ordnung, gut! Wenn man mich den ganzen Tag in der Direktion zurichtet, kann ich wenigstens dich hier fertigmachen!‹ Und dann, nachdem sie begonnen hatten: ›Aha, siehst du, wie ich ... Immer werde ich sie so ... – an dieser Stelle sagte er etwas Zotiges, was auf Band festgehalten wurde –, ›und zwar diejenigen, die sich über mich beklagen, aber auch diejenigen, die mich aus der Partei und aus der Gewerkschaft geschmissen haben! Ich werde sie so zurichten, wie ich es dir besorgt hab. Laß mich nur erst an den Direktor herankommen und mit ihm sprechen ...‹ Und so weiter, um nicht alle unanständigen Ausdrücke, die er gebrauchte, anzuführen. Sie sind für die Untersuchung ohnehin nicht von Bedeutung (dasselbe Band, von 198 bis 320).«

Oder:

»Hrabaks Frau Eržika, mit der auch unser Mann J. M. (Leiter der Gruppe, die bei Hrabak Kanalisationsarbeiten verrichtet) seit einiger Zeit Kontakt unterhält, fragte ihren Mann: ›Was hast du denn deinem Chef zu sagen, Sveta? Und warum liegt dir denn soviel daran, zu ihm zu gehen? Er weiß auch ohne dich, was er zu tun hat. Wenn ihm daran gelegen wäre, mit dir zu sprechen, hätte er schon längst Zeit für dich gefunden!‹

Hrabak ging nicht gleich darauf ein. Was er schließlich antwortete, war undeutlich und schwer zu verstehen. Es lautete etwa: ›Wir werden schon sehen, wann dafür die Zeit kommt!‹ Aber der andere Teil der Frage hatte seine Eitelkeit verletzt, und darauf ging er ein. ›Ob er daran interessiert ist, was ich ihm sagen will?‹ fragte er. ›Und wie! Was ich ihm zu sagen habe, kann er von niemandem erfahren. Das ist viel wichtiger als alles, was ihm seine Referenten und Abteilungsleiter sagen, für die es auch besser wäre, sich mehr daran zu halten, was ihnen die Arbeiter sagen, anstatt immer nur auf Versammlungen zu sitzen und geistloses Zeug zu schwatzen. Im übrigen ist es nicht das erstemal, daß gerade ich ihm was beigebracht habe. Wenn du es durchaus wissen willst: Ich hab ihm gezeigt, wie man einen Franzosen hält, als er vor dem Krieg bei mir in der Lehre war. Durch mich ist er auch ein Volksheld geworden und hat den Posten ergattert, den er jetzt einnimmt. Auch er wäre ein gewöhnlicher Monteur und Installateur mit geringem Lohn wie ich geblieben, wenn ich ihm bei der Befreiung Belgrads nicht gesagt hätte, daß unter der Savebrücke eine deutsche Mine lag, und er sie nicht rechtzeitig entschärft hätte. Vor kurzem haben die Zeitungen über ihn und seine Heldentat geschrieben. Da heißt es: Er stürzte auf die andere Seite und hinderte den Feind daran, die Brücke zu zerstören. Das war ’ne Kleinigkeit für ihn, da ich ihn doch vom diesseitigen Ufer aus mit dem Maschinengewehr gedeckt und vorher das Zündkabel durchschnitten hab!‹

Hrabak gab sich seinen Erinnerungen hin. Er kam ins Erzählen, ereiferte sich und brüstete sich vor seiner Frau mit seinen Heldentaten während des Krieges. Sie aber blieb ungerührt und besänftigte ihn bald, als sie erklärte, der Generaldirektor habe das längst vergessen, denn sonst hätte er ihn bestimmt erwähnt, als er der Zeitung das Interview gab. Danach war Hrabak völlig niedergeschlagen. Er gab zu, daß daran etwas Wahres sein könnte. Genosse Plećaš, der ›Helle‹, wie sie ihn in der Illegalität genannt hatten, hatte ihn, Hrabak, nach dem Kriege als seinen Vertrauensmann in dem renovierten Gebäude der ehemaligen ›Handelskammer‹ untergebracht. Aber als Plećaš aufstieg und vorankam, vergaß er Hrabak mehr und mehr. Anfangs hatte er ihn noch angehalten, wenn er ihn auf dem Korridor traf, dann ihm im Vorübergehen auf die Schulter geklopft oder zerstreut zugewinkt und ihn auch zu sich nach Hause gebeten, damit er ihm die Zentralheizung in der Villa in Dedinje repariere, aber auch das hatte er versäumt: ihn zu bezahlen. Die Erinnerung daran brachte Hrabak offenbar wieder in Rage. Er sagte, daß er schon einen Tag finden würde, sich, den ›Schwarzen‹ oder ›Schwarz‹, wie man ihn einmal genannt hatte, dem Generaldirektor Plećaš, dem Genossen ›Hell‹, in Erinnerung zu bringen. Und je eher er dies schaffe, desto besser für den Genossen Generaldirektor. Was er ihm diesmal zu sagen habe, sei vielleicht wichtiger und verhängnisvoller als das, was er ihm damals vor dem berühmten Angriff auf die Savebrücke gesagt hätte. Nur daß er diesmal gut bezahlen müsse. Er würde nicht zulassen, daß er ihn wieder hintergehe, wer er auch immer sei! Und er begann wieder zu fluchen, wie dem Band Nr. 68, von 234 bis zum Ende, zu entnehmen ist.«

26

Aus solcherlei Angaben und dem übrigen gesammelten Material folgerte der Stab, der sich in der SI-Abteilung mit diesem Fall befaßte, daß die Affäre Hrabak endgültig reif sei für eine Entscheidung. Es wurde festgestellt, daß man auf bisherige Art nichts Wesentliches mehr erfahren könnte, und so wurde Hrabaks Festnahme beschlossen. Nur das Datum wurde noch nicht festgelegt; man überließ es dem Chef der SI-Abteilung, den günstigsten Zeitpunkt auszuwählen.

Über diesen Punkt wurde in den Räumen der SI-Abteilung auf einer Sitzung beraten, an der zwecks Koordinierung auch die Vertreter der verwandten Dienststellen über- und untergeordneter Ressorts der Stadt und der Republik teilnahmen. Leider sind die Protokolle dieser wichtigen Sitzung sehr unvollständig; erhalten blieb nur ein gekürzter Auszug, an interessierte Ressortbehörden außerhalb geschickt. Auf dieses Material stützt sich die weitere Rekonstruktion des Ereignisses.

Der Chef der SI-Abteilung, der auch diesmal die Versammlung leitete, faßte die Ergebnisse der Untersuchung zusammen und folgerte daraus, diese sei alles in allem, von kleineren Fehlern abgesehen, richtig geführt und erfolgreich beendet worden. Bestätigt wurde die erste Einschätzung, daß sich Svjatoslav (Sveta) Hrabak, Handwerksmeister, Klempner und Monteur im Haus der Direktion, eigentlich ein gefährliches subversives Element, angesichts der mangelnden Wachsamkeit der Kaderabteilung der Generaldirektion und, gewissermaßen, auch der ungenügenden Aktivität der SI-Abteilung, die in ihrer Tätigkeit durch die bisherige Struktur der Direktion behindert wurde, unter der Maske des kleinen, unbedeutenden Mannes, des gewöhnlichen Arbeiters und friedlichen Bürgers verbergen und jahrelang ungehindert zersetzende Tätigkeit und Spionage treiben konnte. Außer dem, was über ihn auf der Sitzung gesagt wurde, die vor einer Woche in annähernd der gleichen Zusammensetzung in diesen Räumen stattgefunden hatte, bestätigte die Untersuchung, daß Hrabak unter anderem hier in der Direktion und bei sich zu Hause in der Požeška-Straße Nr. 32 geheime Funkgeräte mittlerer Reichweite zum Empfang und Senden errichtet und mit ihrer Hilfe zu seinen Mitarbeitern und vor allem mit den Spionagediensten in den Gebäuden interessierter ausländischer Vertretungen, die bekanntlich durch den diplomatischen Status der sogenannten Exterritorialität geschützt sind, Verbindung hielt. Als er gewahr wurde, daß ihm die Sicherheitsorgane auf der Spur waren, gelang es ihm, Teile dieser Geräte zu beschädigen oder zu vernichten. Aber es wurde festgestellt, daß gewisse vertrauliche Dokumente wie die Gebäudepläne der Direktion und Listen ihrer wichtigsten Mitarbeiter anscheinend schon in die Hände des Feindes gelangt waren. Hinsichtlich der Skizzen und des Prototyps einer Maschine, die in einem besonders getarnten Versteck gefunden wurden, bestätigten die Experten, denen sie zur Begutachtung vorgelegt wurden, daß sie eine Art Höllenmaschine oder Rakete darstellten, die, mit Sprengstoff angefüllt, das Haus der Direktion in die Luft jagen könnte. Seine Verbindungen zu ausländischen Vertretungen, reaktionären Elementen im Lande und zur politischen Emigration wurden bereits erwähnt, und all diese Tatsachen gaben schon vor einer Woche genügend Anlaß, ihn zu verhaften. Das wurde im Interesse der weiteren Untersuchung nicht getan. Es mußte zuvor festgestellt werden, wer seine Helfer waren, welche weiteren Absichten und Pläne er hatte, weshalb er ständig versuchte, mit dem Generaldirektor in Verbindung zu kommen, und was er ihm als angeblich äußerst wichtig mitzuteilen hatte. Zuvor mußte der Boden für seine Festnahme vorbereitet werden, um unter seinen Freunden und Bekannten, besonders im Betrieb, wo er so lange gearbeitet hat, eventuelle nachteilige Kommentare und unangenehme Überraschungen zu vermeiden. Und gerade wegen letzterem war ein Teil des gesammelten Belastungsmaterials genutzt worden, um Svetislav Hrabak durch öffentliche Anschuldigung wegen Mißbrauch und Veruntreuung, die er in der Direktion begangen hatte, vorher moralisch in Verruf zu bringen und bloßzustellen und um andererseits das wahre Ziel und die Richtung der Untersuchung zu verschleiern, seine Mitarbeiter und Helfer zu beunruhigen und in die Irre zu leiten und zu vermeiden, daß das Ansehen der Direktion in der Öffentlichkeit versehrt und großer politischer Schaden angerichtet wird, wenn wir eingestehen, daß in einer so wichtigen zentralen Institution ein Spionagenetz mit einem Sendegerät entdeckt wurde.

»Die meisten Aufgaben wurden erfolgreich gelöst. Wir haben festgestellt, daß Hrabak sich einige beträchtliche Verstöße und Mißbrauch zuschulden kommen ließ, deretwegen er aus der Partei ausgeschlossen wurde, und einen solchen Schritt hat man auch in der Organisation des Sozialistischen Bundes und der Gewerkschaftsgruppe der Direktion unternommen, und man kann mit Sicherheit erwarten, daß dieser Prozeß auch nach Hrabaks Festnahme durch den Ausschluß und die Entlassung aus der Arbeit abgeschlossen wird.

Alle diese Maßnahmen hatten noch ein wichtiges Ziel, nämlich Hrabak noch in dieser ersten Phase der Untersuchung so unter Druck zu setzen, daß er einwilligt, mit den Sicherheitsorganen zusammenzuarbeiten, und ihn dazu zu bringen, seine wahren Absichten und Pläne hinsichtlich der Direktion und des Generaldirektors einzugestehen und aufzudecken. Es hat sich jedoch gezeigt, daß wir gerade hierbei auf unvorhergesehene Schwierigkeiten gestoßen sind und daß Hrabak eine viel härtere Nuß ist, als man glaubte, offenbar ein Mensch mit viel Erfahrung in der illegalen Arbeit, entschlossen, in solchen Situationen bis zum Ende zu kämpfen. Obwohl ihn ein sehr dichtes Netz unserer Mitarbeiter umgibt und unter anderem sogar zu seiner Frau Beziehung aufgenommen wurde und wir zu Hause bei ihm die modernsten Abhörgeräte eingebaut haben, ist es uns trotz allem nicht gelungen, ihn zum Reden zu bringen, um das zu erfahren, was uns interessiert, wie wir es uns zur Aufgabe gestellt hatten. Angesichts dessen scheint uns, daß jeder weitere Aufschub nutzlos und schädlich wäre und uns nicht weiterbringen würde, und wir meinen, daß die vorgeschlagene Verhaftung und die Anwendung bedeutend wirksamerer Methoden des direkten Drucks in der jetzigen Situation die einzigen Mittel wären, die gewünschten Ergebnisse zu erhalten.

Zu diesem Zweck wurde bereits seine Festnahme angeordnet, die Inhaftierung beschlossen und die Mitarbeit der Sicherheitsorgane des zuständigen Stadtbezirks erbeten. Der Akt des Freiheitsentzuges selbst muß hier, im Betrieb, durch reguläre uniformierte Polizisten erfolgen, aber möglichst diskret, vor Beginn der Arbeitszeit oder danach, am besten sonntags, wenn keine Angestellten und Außenstehenden hier sind, damit kein Handgemenge entsteht und es zu keinem öffentlichen Skandal kommt. Deshalb wäre es am günstigsten, ihn unter einem Vorwand herzulocken und hier festzunehmen, um bei der späteren Klärung des ganzen Falls behaupten zu können, daß er auf frischer Tat ertappt worden sei.

Es wird angenommen, Hrabak leistet keinen Widerstand. Wir müssen mit dem Überraschungsmoment rechnen, aber auf alles gefaßt sein und auch, falls notwendig, wirksam Gewalt anwenden. Inhaftiert und von der Außenwelt isoliert, wird Hrabak wahrscheinlich »singen«, seine Mittäter preisgeben und uns die Erklärungen geben, die wir von ihm verlangen. Aber damit ist der Fall natürlich nicht als abgeschlossen zu betrachten. Es steht noch eine lange Untersuchung bevor, in deren Verlauf eine Reihe sehr verwickelter und heikler Umstände in dieser großen politischen Affäre zu klären ist, die, wenn nicht die SI-Abteilung und ihr entschlossenes und rechtzeitiges Eingreifen gewesen wären, unabsehbare Folgen hätte haben können angesichts der durch die Untersuchung festgestellten Tatsache, daß Hrabak auch in der Generaldirektion gewisse Kontakte auf höchstem Niveau herzustellen vermochte, über die wir uns in diesem Augenblick noch nicht vollständig im klaren sind.

Jetzt schon, sogar vor Abschluß der Untersuchung, gibt es jedoch genug Gründe, aus dem ganzen Fall gewisse Lehren zu ziehen und erforderliche Maßnahmen zu treffen, damit sich solche Erscheinungen mit noch schwerwiegenderen Folgen nicht wiederholen. Vor allem müßte man untersuchen, wer die Verantwortung dafür trägt, daß es zu diesem Fall kommen konnte, und sich fragen, wie Hrabaks Treiben, trotz aller bisherigen Erfahrungen und klaren Verhaltensregeln, so lange unbemerkt bleiben und so überhandnehmen konnte. Darunter verstehe ich in erster Linie, daß festgestellt wird, inwieweit dafür die Kaderabteilung verantwortlich ist, von der hier in der Generaldirektion erwartet wurde, jeden hier beschäftigten Menschen mit allem Ernst, aller Strenge und unter Anwendung der unerbittlichsten Kriterien zu überprüfen. Jetzt haben wir noch keine Gelegenheit, uns eingehender mit dieser Frage zu befassen – davon wird zweifellos demnächst auch auf höherem Niveau die Rede sein müssen –, aber ich kann Ihnen im Vertrauen, bei völliger Diskretion, schon jetzt mitteilen, daß die Ausmaße, die der Fall Hrabak angenommen hat, auch unsere höchsten Leitungsgremien, die den Fall erörterten, in Sorge versetzt haben, und in diesem Zusammenhang wird es schon in den nächsten Tagen in der Generaldirektion zu entsprechenden Struktur- und Kaderveränderungen kommen, damit die Sorge um die Sicherheit des Betriebes und des Staatsinteresses wachsameren, qualifizierteren und weniger liberalen Kadern anvertraut wird und eine bessere Organisationsstruktur uns eine wirksamere Arbeit ermöglicht. Der gesamte Apparat der Kaderabteilung wird reformiert, und die Sicherheitsorgane werden schließlich aus dem Schatten und der Anonymität, in die sie gedrängt waren, hervortreten und im Organisationsschema der Direktion den exponierten Platz einnehmen, der ihnen angesichts der wichtigen Aufgaben, die ihnen anvertraut sind, zukommt. Schließlich ist ihre Arbeit die Grundlage jeder richtigen, überlegten Kaderpolitik, und es ist auch normal, daß diese ihr untergeordnet ist.

Damit war die Versammlung beendet. Die Zigaretten wurden ausgedrückt, die meisten Teilnehmer erhoben sich und gingen.

27

Auf ihren Plätzen verblieben nur der Chef der SI-Abteilung und zwei seiner Kollegen von übergeordneten Dienststellen. Der Tisch wurde abgeräumt und die überflüssigen Aschenbecher beiseite gestellt. Allein geblieben und mit neuem Kaffee, den man ihnen brachte, empfanden sie es angenehm und vertraut wie im engeren Familienkreis. Draußen fiel eintönig der erste Herbstregen.

»Gut, Radivoje«, sagte der Vertreter des Ministeriums, nachdem der Rauch verzogen war, den die Referenten hinterlassen hatten, und im Korridor der Widerhall ihrer Schritte verstummte. »Ist es denn möglich, daß diese ganze Sache solche Ausmaße angenommen hat und niemand, weder wir oben noch ihr hier, sozusagen bis vor vierzehn Tagen, etwas davon wußte? Wenn in diesem ganzen Fall wirklich ausländische Agenturen und die politische Emigration die Hand im Spiel haben, wenn euer Hrabak in sein Netz tatsächlich auch einige unserer exponierten Leute verwickelt und hier in der Direktion vielleicht sogar eine Bombe hergestellt hat und wir von keiner Seite das geringste Zeichen erhalten haben, so stellt das weder uns noch euch und eure Abteilung ins beste Licht, und nichts ändert wesentlich an der Tatsache, daß vielleicht die Kaderabteilung die größte Schuld trägt, daß sie diesen Agenten hier eingesetzt und geschützt hat. Daß ihr ihn jetzt festnehmen wollt, ist, entschuldigt, das geringste Problem. Aber sagt mir, wie ihr das erstere erklären wollt und auch das, daß ihr zum Beispiel, trotz aller Leute und Mittel, die euch zur Verfügung stehen, nicht aufdecken konntet, was dieser Meister in den Paketen, mit gewöhnlichem Zeitungspapier umwickelt, in den Autobussen der Städtischen Verkehrsbetriebe zu den ausländischen Vertretungen und einzelnen angesehenen Funktionären bringt? Weshalb konnte nicht ermittelt werden, wer diese geheimnisvolle Frau ist, diese Ausländerin, mit der er geheime Beziehungen unterhält, zumal er, wie ihr sagt, ständig überwacht wurde und zumal auch ihre Adresse bekannt ist? Wo hattet ihr eure Peilgeräte, um festzustellen, ob er in eurem Haus geheime Funkverbindungen unterhalten hat, und was sind das für Experten, die nicht imstande waren, die Pläne und den Mechanismus der Höllenmaschine, die in Hrabaks Versteck gefunden wurde, zu deuten? Ich verstehe wohl, daß er ohne Zwang nicht preisgeben wollte, was er dem Genossen Plećaš mitteilen wollte, aber, mein Freund, alles andere war allein von euch abhängig – und wäre nicht einmal für die Sicherheitsorgane in der Provinz oder Kleinstadt oder für eine gewöhnliche Polizeiwache eine unlösbare Aufgabe gewesen. Deshalb fürchte ich, um es direkt zu sagen, daß es trotz aller Erfolge, deren ihr euch rühmt, noch am Ende so aussieht, daß wir alle, wir und ihr, als Stümper dastehen, die nicht in der Lage waren, die Sachen zu klären, bei denen sie gewissermaßen nur zuzugreifen brauchten. Und wenn wir wirklich den ganzen Fall ans Tageslicht bringen, bin ich überhaupt nicht sicher, ob uns nicht dieselben Genossen aus dem zivilen Sektor, denen wir mangelnde Wachsamkeit und Liberalismus vorwerfen, auch unsere eigene Unfähigkeit vorhalten und uns verspotten und erklären, daß man von ihnen auch nicht mehr erwarten könne, wenn wir so sind, wie wir uns in diesem Fall gezeigt haben. Das ist das mindeste!«

Der Inspektor von der Republiksebene, der an der Beratung teilgenommen hatte, die eine Woche zuvor in der Direktion stattgefunden hatte, war besser von Hrabaks Fall unterrichtet. Im wesentlichen war er mit den Bemerkungen einverstanden, doch er wies darauf hin, daß die Abteilung als einzige in der Lage sei, sich Fragen zu stellen, und die einzige, die ihre eigene Arbeit bewerten könne. Da er enger mit der SI-Abteilung zusammengearbeitet habe und mit dem ganzen Fall vertraut sei, scheine es ihm, daß Genosse Radivoje eben nicht alle Motive dargelegt habe, von denen er sich bei der Untersuchung leiten ließ. »Ich möchte vor allem, daß er uns von der Wichtigkeit und dem Ernst des Falles überzeugt, und nehme an, daß er vor dem größeren Kreis, der hier gerade versammelt war, nicht alle Karten offen auf den Tisch legen wollte und auch nicht konnte. Das ähnelt vielleicht etwas dem Pokerspiel, aber wir verhalten uns auch im Alltagsleben oft ebenso. Wir betonen das, was uns zum Ziel führt und Druck auf den ausübt, an dem uns gelegen ist.« Er schaute durchs Fenster. Es regnete in Strömen. »Wenn ich jetzt sagen würde, es herrscht ein Weltuntergangswetter, würde weder ich noch einer von euch wirklich glauben, daß uns die wahrhaftige biblische Sintflut zustoßen könnte, und sicherlich würden wir alle drei an den Regenschirm oder das Auto denken, um dadurch geschützt nach Hause zu kommen. Im übrigen glaube ich, Radivoje hat uns auch hierbehalten, um uns beim Kaffee noch etwas mitzuteilen.«

Der Abteilungschef nickte, brachte von seinem Tisch mehrere Bogen Papier, legte sie vor sich hin und schaute aus Gewohnheit zur Tür, um sich zu vergewissern, daß sie geschlossen war.

»Sie haben recht«, sagte er. »Weder ist der ganze Fall wirklich von solchem Ausmaß, wie wir es eben hingestellt haben, noch ist das, was gerade gesagt wurde, tatsächlich alles, was uns darüber bekannt ist. Was wir vor kurzem dargelegt haben, ist nur das, was uns in diesem Augenblick für den ganzen Fall als bedeutsam und für unsere Arbeit von Nutzen erscheint. Wir wissen auch über eine ganze Reihe anderer Leute viel mehr, als sie vermuten, aber wir nutzen unser Wissen erst dann, wenn wir es müssen und sofern wir es müssen. Im übrigen hat die Akte Hrabak in den zwanzig Tagen, seit sie angelegt wurde, so an Umfang zugenommen, daß der Wandschrank hinter uns kaum dafür ausreichen würde. Wir wissen jetzt über Hrabak viel mehr als er selbst, auch, was er vergessen hat oder woran er sich nicht erinnern möchte, das, was er nicht weiß und niemals erfahren wird, was die andern von ihm denken und hinter seinem Rücken tun, sogar das, was er im Schlaf sagt, weil auch sein Schlafzimmer abgehört wird. Wir wissen, was seine Frau zum Mittagessen kocht, wann und mit wem sie ihn betrügt, wieviel Geld sie ausgibt und wieviel sie für sich behält und wo sie einkauft. Natürlich glauben wir trotz allem, was wir über ihn erfahren haben und was in seinem Versteck entdeckt wurde, wirklich nicht, daß Hrabak als solcher vor unseren Augen, inmitten der Generaldirektion tatsächlich unbemerkt ein so gefährliches und dichtes Spionage- und Diversantennetz aufbauen konnte, das die Sicherheit des Staates und der Ordnung oder zumindest die geregelte Arbeit des Betriebes, wo er beschäftigt ist, bedrohen könnte. Wir sind auch nicht so blind, daß wir das nicht sähen, und auch nicht so naiv, daran zu glauben.

Wenn man das, was wir über ihn wissen, als Ganzes betrachtet, stellt sich in Wirklichkeit heraus, daß er ein Mensch mit bescheidenen, begrenzten Fähigkeiten ist, von denen es Tausende in der Stadt gibt und die man jeden Tag auf der Straße, im Kino, in der Straßenbahn und auch in jedem Betrieb, in den man zufällig mal hineinkommt, sehen kann, ein Nichtskönner und Pechvogel, der es nicht im geringsten verstanden hat, aus seinem Leben etwas zu machen, sein Schicksal und seinen Lebensweg haben mehr die Umstände als er selber bestimmt. Er wurde sozusagen im Zirkus geboren, wo sein Vater, weil er arbeitslos war, eine Zeitlang Maschinist am mechanischen Karussell war und nebenbei und nach Bedarf auch andere im Zirkus anfallenden Arbeiten erledigte, angefangen vom Pförtner in Livree bis zum Pferdeknecht und Löwenwärter. Die Mutter Stefanija Strobl, wahrscheinlich deutscher Nationalität, war zuerst Trapezkünstlerin, bis sie sich mit dem etwas jüngeren und – den in Hrabaks Wohnung gefundenen Fotografien nach könnte man auch sagen – ansehnlichen Maximilian Hrabak verheiratete, dem sie als Mitgift eine Tochter aus erster Ehe mitbrachte. Und dann, als sie auch von ihm ein Kind zur Welt gebracht hatte und zunahm, arbeitete sie als Kassiererin im Zirkus und am Schießstand, zusammen mit den Söhnen, die ihr halfen, die Gewehre luden und die Mechanismen der Schußziele aufzogen. Sie besuchten die Schule unregelmäßig, da sie mit den Eltern von Ort zu Ort zogen, und dieser Svetislav, Svjatoslav Hrabak lebte als vernachlässigtes Kind eine Zeitlang auch in einer Besserungsanstalt, und das Klempnerhandwerk hat er als Zögling des ›Wirtschafter‹, einer Wohltätigkeitsorganisation, die damals bei uns tätig war, erlernt. Von solchen Erinnerungen eingenommen und wahrscheinlich weil er für dieses Wanderleben Neigung verspürte, zog er auch eine Zeitlang nach seiner Handwerkslehre und seinem Wehrdienst mit einem Zirkus durch die ›Fremde‹ und heiratete dabei auch in Triest eine gewisse Mira (Mirella) Gladić, eigentlich ein slowenisches Mädchen aus der nächsten Umgebung der Stadt und ansonsten eine gute, friedfertige und ehrbare Frau. Mit ihr blieb er, nachdem sie zwei Söhne von ihm geboren hatte, in Belgrad, zunächst als Angestellter des Städtischen Wasserwerks und dann, um zu einer Wohnung zu kommen, als Hausmeister und Arbeiter für alles mögliche im neuen Palast der ›Handelskammer‹, diesem selben Gebäude, in dem wir jetzt sitzen. Hier ist sie in den ersten Kriegstagen ums Leben gekommen, als deutsche Bomben das Gebäude stark beschädigt hatten, die ins Fundament eingeschlagen sind und auch die Wohnung des Hausmeisters Hrabak zerstört haben, der an diesem Morgen vor Sonnenaufgang mit den Söhnen an den Fluß zum Angeln gegangen war. Sein ehemaliger Meister und Arbeitskollege beim Städtischen Wasserwerk, ein gewisser Aca Dimić, Bure genannt, nahm ihn zu sich und gab ihm ein baufälliges Haus auf seinem Hof, um vorübergehend dort mit seinen Kindern Unterkunft zu finden, aber der ungeschickte und unbeholfene Hrabak blieb bis zum heutigen Tag dort wohnen. Er heiratete auch ein zweitesmal, und zwar die Reinigungskraft von hier, aus demselben Haus, eine jüngere Frau, damit er jemanden hatte, der sich um die Kinder kümmert, für ihn kocht und den Haushalt besorgt. Mit ihr hat er ein Mädchen, das zurückgeblieben ist, eigentlich körpergeschädigt, und für dessen Heilung er vergeblich alles unternimmt. Wegen dieser Frau, die sich als viel zu jung für ihn erwiesen hat und die ihn, nebenbei bemerkt, mit einem von unseren Vertrauensleuten, der ihn überwachen soll, betrügt, hat er sich auch mit den Söhnen gezankt, die das Haus verlassen haben, wodurch es ihnen gelungen ist, sich auf eigene Füße zu stellen. Einer ist Handwerksmeister, Schlosser, und hat schon Frau und Kind, der andere ist ein bekannter Fußballer beim Klub ›Roter Stern‹ und seit kurzem auch im Ausland, wo er viel Geld verdient und ausgibt. Um das Unglück noch größer zu machen, ist von irgendwoher aus der weiten Welt seit kurzem auch Hrabaks Halbschwester mütterlicherseits in Belgrad aufgetaucht, die sich, ehemals Zirkustänzerin, dann Wahrsagerin, Handliniendeuterin, Schwarzhändlerin und Kupplerin, nachdem sie sich ihrer Nationalität besonnen hatte, während des Krieges mit den Deutschen eingelassen hat und bei der Befreiung Belgrads auch mit ihnen geflohen ist. Das ist diese geheimnisvolle Frau, die sich zunächst mit Briefen und dann mit Telefonanrufen bei ihm gemeldet und Geld von ihm gefordert hat und der er auch heimlich, hinter dem Rücken seiner Frau, Pakete mit Lebensmitteln und andere Hilfe in die Šumatovac-Straße bringt und die wir als Ausländerin und Person, die sich mit verdächtigen Dingen befaßt, im geeigneten Moment ausweisen werden. Wir wissen natürlich schon seit langem, welcher Art die Beziehungen sind, die Hrabak zu ausländischen Vertretungen unterhält, und weshalb er so oft die Wohnungen gewisser exponierter Persönlichkeiten aufsucht. Weil er Geld für die Behandlung seiner Tochter braucht, die er mit Hilfe des Sohnes, des Fußballers, ins Ausland schicken möchte, bastelt er aus Eisenröhrchen von einer alten Fahrstuhlumfassung, die auf den Müll geworfen wurde,

Lampenschirmgestelle für Tisch- und Wandlampen und versorgt damit die Häuser unserer Leute und die der Ausländer, bei denen diese Verrücktheit in Mode gekommen ist. Von einem Antiquitätenhändler, einem Menschen wirklich anrüchiger Vergangenheit, der übrigens auch mit uns in Verbindung steht, besorgt er sich auch verschiedene alte Sachen wie Petroleumlampen, Fiakerlaternen, Leuchter, Kohlenbügeleisen und ähnliches altes Gerümpel und verkauft es dann, repariert und auf Glanz gebracht, einer angesehenen Kundschaft, die mit diesen Dingen seit einiger Zeit ihre Wohnungen verschönert. So, deshalb also haben wir auch einige seiner ›Mittäter‹ nicht festgenommen und daraus auch keinen Skandal gemacht, als uns klar wurde, worum es sich handelt.

Die geheimnisvollen Pläne und der Prototyp der ungewöhnlichen Maschine, die wir in einer Art Versteck gefunden haben, kamen unseren Experten wirklich wie eine Bombe oder Rakete vor und verursachten uns die meiste Arbeit. Wir haben sie sogar den größten Autoritäten der Fakultät für Maschinenbau und Elektrotechnik zur Begutachtung geschickt, aber auch sie konnten nicht feststellen, worum es sich handelt. Sie nahmen an, daß unsere Spionage Pläne amerikanischer Raketen oder russischer ›Katjuschas‹ ausfindig gemacht hat, und erklärten, daß die Pläne genial erdacht seien und daß es sich um außerordentlich interessante Maschinen handele, deren Entwürfe von einem ungewöhnlichen Entdeckertalent und einer außergewöhnlichen Kenntnis der Gesetze der Mechanik und Thermodynamik zeugen. Aber auch sie konnten oder wollten nicht eindeutig sagen, wozu ihres Erachtens die Maschinen gedacht sind und wozu sie praktisch dienen können. Wir haben das schließlich über Hrabak selbst herausgefunden, als wir die Gespräche mit seiner Frau abhörten, die die Rolle der biblischen Dalila übernommen hatte und den Mann auch im Bett aushorchte. Endlich stellte sich zu unserer Überraschung und auch Enttäuschung heraus, daß Meister Hrabak wie viele Arbeiter und Handwerker seines Schlages seit Jahren versucht, eine neue ungewöhnliche Maschine zu konstruieren, die große Energie entwickelt, fast ohne Verwendung von Treibstoff. Eine Art primitives Perpetuum mobile also, und wir haben beim Patentamt wirklich ein Dutzend seiner abgewiesenen Anmeldungen ähnlicher Erfindungen entdeckt.

Das entdeckte Funkgerät ist indessen ganz echt, wenn auch aus Vorkriegsmaterial, das veraltet und teilweise auch nicht mehr verwendbar ist. Die Nachforschung hat gezeigt, daß dieser Hrabak schon vor dem Kriege politisch engagiert, gewerkschaftlich organisiert und mit unserer illegalen Bewegung verbunden war, jedoch als unbescholtener und erfahrener Handwerker eines Tages aus der aktiven politischen Arbeit abgezogen und in den konspirativen technischen Dienst der Partei geholt wurde, was Hrabak allerdings unter einigen nicht eingeweihten Genossen während des Streiks der Arbeiter vom Städtischen Wasserwerk als Abtrünnigen und Anhänger des Liquidatorentums in Verruf brachte. Während des Krieges hat er in der gleichen Eigenschaft, als Angehöriger des technischen Dienstes der Partei, gerade hier in diesem Gebäude der ehemaligen ›Handelskammer‹, in dem sich eine Zeitlang ein Teil des Stabs des deutschen Oberkommandos Süd-Ost befunden hatte, die Funkverbindung mit unseren Abteilungen im Landesinnern aufrechterhalten, und zwar auf Anordnung des jetzigen Generaldirektors der Generaldirektion, Genossen Stole Plećaš persönlich beziehungsweise, wie er nach dem damaligen illegalen Namen benannt wurde, des Genossen ›Hell‹, der ihm das Funkgerät auch besorgt hatte. Das hat uns übrigens Plećaš selbst bestätigt, als wir ihn auf Umwegen über Journalisten und Mitarbeiter des Historischen Instituts darüber befragten, aber bei der Gelegenheit erklärte er, daß er das weitere Schicksal des Handwerkers, der damals das Funkgerät bediente und den man zu der Zeit ›Schwarzer‹ nannte, aus den Augen verloren habe. Er erinnere sich, ihm nach dem Krieg eben hier im Hause begegnet zu sein, wo er ihm auch als vertrauenswürdigem und zuverlässigem Mann Arbeit verschafft hatte, aber er wisse nicht mehr, wo er jetzt sei und was er mache, falls er überhaupt noch lebe.

Die Listen von leitenden Mitarbeitern der Direktion, die in Hrabaks Schublade gefunden wurden, sind tatsächlich eine Aufstellung seiner Kunden, und die Chiffren und Zeichen darin eine Art Buchführung und Notizbuch über erledigte Arbeiten: ›KB‹ steht zum Beispiel für Klosettbecken, ›AB‹ für Abflußeinsatz, ›Pl‹ für eine verkaufte Petroleumlampe und so weiter. Die Gebäudepläne verwahrte er, weil er sie für seine Arbeit brauchte, und versteckte sie, damit sie ihm nicht irgendeiner wegnahm, während die Notizen darin wahrscheinlich die Anmerkungen über frühere Reparaturen oder vorgenommene Umbauten sind. Und so verhält es sich ungefähr auch mit dem übrigen Beweismaterial. Das, was wir indessen trotz all unserer Mühe absolut nicht erfahren konnten, auch nicht trotz all unserer Tricks und der Nutzung der Abhörtechnik, sind die Gründe, die ihn veranlassen, ständig um das Büro des Generaldirektors herumzuschleichen, und das, was er dem Generaldirektor persönlich als ›sehr wichtig‹ um jeden Preis mitzuteilen versucht hat. So verrückt und besessen, wie er ist, kann es auch sein, daß er ihm als größtes Geheimnis und streng vertrauliche Sache irgendeinen Entwurf für eine Gesellschaftsreform, einen Plan zur Sicherung des Weltfriedens oder unseres wirtschaftlichen Wohlstandes unterbreiten wollte. So ein gesellschaftliches Perpetuum mobile also oder einen ähnlichen Unsinn, wie sie primitive Träumer seiner Art schon jahrelang bei der Organisation der Vereinten Nationen oder dem Internationalen Gerichtshof in Den Haag einreichen. Übrigens ist er selbst in diesem ganzen ›Fall Hrabak‹ eigentlich überhaupt nicht mehr wichtig, und wenn in dieser Affäre nicht der Schlußpunkt gesetzt werden müßte, wäre es auch nicht erforderlich, ihn zu verhaften. Wichtig für uns ist, und auch wesentlich, daß wir mit Hilfe dieses Falles das erreicht haben, was wir uns zum Ziel gesetzt hatten, und daß im Zusammenhang mit ihm im Interesse des Betriebes und der Sicherheit seiner Arbeit unsere Ideen über die Veränderungen seiner bisherigen Organisationsstruktur aufgegriffen wurden, unsere Leute in die Schlüsselpositionen gelangten und diejenigen, die uns am meisten gestört haben, abgesetzt wurden.

Demnach ist für uns, unabhängig von diesem Svjatoslav, Svetislav oder Sveta Hrabak und seinem weiteren Schicksal, in Wirklichkeit die »Affäre Hrabak« wichtig, mit deren Verlauf sowohl wir als die unmittelbar Interessierten wie ihr als Kollegen aus verwandten Institutionen und vom gleichen Ressort, vollauf zufrieden sein können. Ich schlage vor, darauf noch ein Gläschen Kognak zu trinken!«

28

Hrabak sollte am Sonntag, dem sechsten Oktober, gegen zehn Uhr vormittags festgenommen werden. Es war vorgesehen, daß es in der Generaldirektion, im Vorzimmer des Generaldirektors oder im Korridor vor seinem Büro geschieht, damit man sagen konnte, er sei bei einer Tat ertappt worden, die für den Staat, die Gesellschaftsordnung und die persönliche Sicherheit der exponierten Staatsfunktionäre gefährlich ist. Damit alles rechtmäßig vor sich geht und dabei die Organe der Sicherheitsabteilung nicht in Erscheinung treten, wurden bei der Polizeiinspektion Leute angefordert, die dem Polizeirevier Order erteilten, in deren Bereich sich die Direktion befand.

Nach einem sorgfältig ausgearbeiteten Plan sollte der diensthabende Angestellte gegen neuneinhalb Uhr Hrabak anrufen und mit erregter Stimme von ihm verlangen, schnell in die Direktion zu kommen und sich beim Diensthabenden im Arbeitszimmer des Generaldirektors zu melden, um hier im Haus einen größeren Schaden zu beheben, der sich morgens an den Installationen der Zentralheizung gezeigt hat. Damit er so schnell wie möglich eintrifft (eigentlich, um zu verhindern, daß er unterwegs nicht irgendwohin abschwenkt oder sogar fortläuft), wird ihm ein Dienstwagen geschickt, den ein in Zivil gekleideter Polizist fährt. Er bringt ihn vor den Haupteingang, den nur die höheren Mitarbeiter und besondere Gäste benutzen, und hier hält ihn der Pförtner an, in dessen Pförtnerloge auch zwei Polizisten versteckt sind, die ihm sofort zu Fuß nachgehen und nach Möglichkeit den Fahrstuhl verfolgen, mit dem ein Bürogehilfe, der nur teilweise in das ganze Spiel eingeweiht wurde, Hrabak hinauffährt. Wenn der Meister in die zweite Etage kommt und den Fahrstuhl verläßt, gibt ein Polizist, der hinter der Glastür verborgen ist, ein verabredetes Klingelzeichen, und gerade in dem Augenblick, wenn Hrabak sich vor dem Arbeitszimmer des Generaldirektors Stojan Plećaš befindet, kommen zwei Polizisten von hinten auf ihn zu, und zwei tauchen plötzlich aus dem Vorzimmer des Direktors auf, und hier ergreifen und überwältigen ihn alle vier, wenn er sich wehren oder Widerstand leisten will. Mit dem Fahrstuhl, den sein Begleiter auf der Etage festhält, bringen sie ihn gleich wieder ins Erdgeschoß zurück, führen ihn zum Haupteingang hinaus und bringen ihn mit demselben Auto, das ihn von zu Hause hierhergebracht hat, ins Zentralgefängnis. Das alles läuft schnell ab, innerhalb von insgesamt zehn Minuten, in der nervösen Eile, die für alle wichtigen und aufregenden Vorkommnisse typisch ist, und dennoch ordnungsgemäß und sicher wie alles, was lange sorgfältig und aufmerksam vorbereitet wird. Ruhig, um keinen unnötigen Tumult aufkommen zu lassen, besonders auf der Straße und am Ausgang der Direktion, und doch wiederum ziemlich auffällig, um, wie bei allen Verhaftungen, das Geheimnisvolle zu wahren und den Eindruck von einer bestimmten Gefahr zu erwecken und den ausgewählten wenigen Zeugen Material zu liefern, damit sie, das Gesehene übertreibend, daraus und darum ein ganzes Märchen dichten.

Ein Teil von Hrabaks Akte wurde vorher ins Zentralgefängnis gebracht, damit es der Untersuchungsrichter bei der Hand hat und er bei Vorführung des Verhafteten sogleich mit dem Verhör beginnen kann. Und gerade diese Unterlagen sollten dank dieses Umstandes späterhin als Grundlage für die Rekonstruktion des Falles Hrabak dienen, der Affäre, die sich um ihn zusammengebraut hat, und des tragischen erregenden Ausgangs, der so unerwartet eintraf. Diese Schriften, mit den etwas abgegriffenen und eingerissenen Rändern, die aus der Direktion gerettet wurden, bilden auch die Grundlage für dieses Buch und den Ausgangspunkt für eine neue nachträgliche Untersuchung, die angesichts der Ausmaße des ganzen Ereignisses diesmal von den verantwortungsvollsten Vertretern der staatlichen Leitung geführt wird. So hat sich also gezeigt, daß dieser Zufall das ist, was wir bei anderen Anlässen Glück oder Vorsehung nennen und manchmal auch mit diesen beiden Worten bezeichnen.

Die ganze Aktion war also gut ausgedacht und bis ins Detail vorbereitet. Allen Beteiligten wurden ihre Aufgaben eingehend erläutert, und es wurde auch eine Art Generalprobe abgehalten mit einer Sorgfalt wie bei der Vorbereitung für die Landung des ersten Menschen auf der Mondoberfläche. Das Zusammenwirken des Polizeireviers und der einzelnen in diesen Fall schon einbezogenen Angestellten der Direktion wurde abgestimmt. Ausgewählt wurde auch das Telefon, von dem aus der Diensthabende Hrabaks Nummer wählt, genau um fünf vor zehn, nach einer Uhr, die mit dem Chronometer des Rundfunks abgestimmt wurde, und, sobald sich Hrabak meldet, ihn auffordert, sofort in die Direktion zu kommen.

Es war wirklich ein purer Zufall, daß die Ereignisse einen andern Verlauf nahmen.

29

Am Sonntag, dem sechsten Oktober, genau zur festgelegten Zeit, setzte der Diensthabende tatsächlich mit zitterndem Finger an, an der Nummernscheibe Hrabaks Telefonnummer zu wählen. Das machte er in der Telefonzentrale, gleich hinter der Pförtnerloge, um sicherzugehen, daß die Linie frei ist. Es geschah jedoch etwas ganz Unvorhergesehenes, und das verdarb den ganzen Plan und änderte, wie man sehen wird, wesentlich den Lauf der Ereignisse.

Hrabaks Telefon war besetzt! Der Diensthabende konnte keine Verbindung herstellen, und es half auch nicht, daß er mit der Hand auf die Gabel schlug, den Hörer auflegte und wieder hastig die Nummernscheibe des Telefons in Bewegung setzte. Er vernahm nur den typischen unterbrochenen Ton, der besagte, daß schon jemand mit Hrabaks Haus Verbindung hat. Mit der Möglichkeit hatte man nicht gerechnet, und niemand hatte sie vorausgesehen. Der Diensthabende hatte keine Anweisung, was in solch einem Fall zu tun ist, und niemand war in der Nähe, den er um Rat fragen konnte, und so wählte er immerzu die Nummer und verlor mindestens zehn Minuten. Schließlich rief er den nächsten Vertreter der SI-Abteilung zu Hilfe, der unselbständig bei seinen Chefs nachfragte und diese beim Haupttelegrafenamt. Die Telefonisten aus der Zentrale, die sich ins Netz einschalteten, stellten fest, daß Hrabaks Frau die ganze Zeit ein sehr unziemliches und unschickliches Gespräch mit einem Mann führte, der in den vertraulichen Berichten aus Hrabaks Akte mit der Chiffre J.M./24 bezeichnet wurde. Sie sprach ununterbrochen, die Worte sprudelten aus ihr heraus wie der Wasserstrahl aus einem Hahn, der nicht von selbst versiegt. Es wurde dann angewiesen, das Gespräch zu unterbrechen, und die SI-Abteilung gab auf einer anderen Linie ihrem Mitarbeiter J.M/24 unsanft zu verstehen, den Hörer aufzulegen und, wenn ihm sein Dienst lieb sei, sich heute morgen nicht mehr bei Frau Hrabak zu melden. So wurde es dem Diensthabenden in der Direktion endlich ermöglicht, die Linie freizubekommen, und er beeilte sich, Hrabak anzurufen, bevor es seiner Frau wieder in den Sinn käme, sich des Telefons zu bedienen. »Hallo, Jova! Jemand hat uns unterbrochen«, meldete sich Hrabaks Frau. »Wir konnten uns gar nicht mehr verabreden. Er ist heute abend wie üblich im Lokal!«

Sie war mehr enttäuscht als erschrocken, als sie hörte, wer anruft und wer aus der Direktion verlangt wird. Hrabak war auf dem Hof, wo er, gewohnt zu arbeiten, die Erde um den Obstbäumen umgrub, weil sein Schuppen noch versiegelt war. Er kam ziemlich schnell ans Telefon.

»Was ist? Was ist passiert?« fragte er, als er hörte, er soll in die Direktion kommen. »Verlangt mich etwa der Generaldirektor?« ließ sich vernehmen, und das Tonband verzeichnete das typische erregte Beben in seiner Stimme.

»An den Installationen ist ein großer Schaden entstanden, Sie müssen schnell herkommen!« schrie der Diensthabende ins Telefon, als müßte er sich mit Hrabak vom Fenster aus verständigen. »Halten Sie sich bereit. Ich schicke Ihnen gleich ein Auto. Es ist spätestens in zehn Minuten da. Haben Sie mich verstanden?«

»Ja, ja!« versicherte Hrabak. »Ich bin bereit und warte vor der Tür. Aber was ist passiert? Ist es im Keller?« fragte er, aber die Verbindung war schon unterbrochen.

Er zog sich nicht erst um. Im Arbeitsanzug, den er anhatte, mit dem wichtigsten Handwerkszeug unterm Arm, ging er vor die Tür und wartete bedeutend länger als zehn Minuten. Und hier ging die Organisation in die Brüche, weil sie über etwas stolperte, was sie nicht vorausgesehen hatte. Der Fahrer kam, wie er später erklärte, an die wichtigste Kreuzung, wo die Durchfahrt gesperrt war. An dem Morgen traf irgendein wichtiger ausländischer Staatsmann zum Besuch der Hauptstadt ein, der Verkehr wurde gesperrt, und der Fahrer mußte warten, bis der Weg wieder freigegeben war. Er kam hinter der Kolonne schwarzer Limousinen kaum bis zum »Mostar« vorwärts, und mit einer halben Stunde Verspätung war er schließlich mit Hrabak wieder auf dem Weg zur Direktion.

Er hatte es eilig und hielt den Fuß ständig aufs Gaspedal. Er überfuhr die Kreuzung am Südboulevard und am Slavija-Platz, beim Café London sogar bei rotem Licht, in verbotener Verkehrsrichtung, raste die Knez-Miloš-Straße entlang, ohne anzuhalten und ohne sich um den Verkehrspolizisten an der Kreuzung zu kümmern, der wütend pfiff. Er drehte sich nur um, um zu sehen, was hinter ihm geschehen war, aber das genügte, daß er für einen Augenblick die Kontrolle über das Steuer verlor, auf den Bordstein auffuhr und vor der Generaldirektion mit dem rechten Scheinwerfer gegen einen Baum prallte. Der Anprall war nicht stark und der Schaden verhältnismäßig gering. Aber während der Fahrer schimpfend aus dem Wagen stieg, um den Schaden anzusehen, machte sich Hrabak aus dem Wagen davon. An der Stelle, die den Dienstwagen vorbehalten ist, erblickte er den hellen Mercedes-Sportwagen vom Direktor und betrat eilig das Haus durch den Nebeneingang, den er immer benutzte.

Nach dem konnte nichts mehr genau festgestellt werden, und auch darüber, was danach geschah, gibt es keine zuverlässigen Zeugnisse außer einigen kurzen Telefongesprächsfetzen, die auf dem Band festgehalten wurden. Es scheint, daß Hrabak durch die Kellerräume ging und sich zwischen den Arbeitern den Weg bahnte, die hier auch am Sonntag am Werk waren. Dann stürzte er in großer Eile, ohne den Fahrstuhl zu benutzen, die Hintertreppe, die für das Hilfspersonal bestimmt war, hinauf. So kam er auf der zweiten Etage an, ehe sich die Polizisten, die ihn am Haupteingang erwarteten, fassen konnten.

Dort oben tauchte er am Ende eines Korridors auf, von wo ihn niemand erwartete. Er rannte zum Büro des Generaldirektors und griff an die Türklinke. Die Tür war verschlossen. Er rüttelte an der nächsten, stürzte dabei im Vorbeigehen einen kleinen Tisch um und warf sich mit der Schulter gegen die gepolsterte Tür zum Arbeitszimmer des Generaldirektors, als wollte er sie sprengen. Er kam erst in der Mitte des Zimmers zum Stehen.

Der Generaldirektor der Generaldirektion für allgemeine Angelegenheiten, Stole Plećaš, war am Sonntag vormittags gegen zehn Uhr ganz unvorhergesehen in die Direktion gekommen. Am Abend sollte er eine längere Dienstreise antreten, und als er seine Sachen für die Reise vorbereitete, fiel ihm ein, daß er im Fach seines Schreibtisches ein wichtiges und notwendiges Dokument vergessen hatte. Wie später festgestellt wurde, ist er an diesem Morgen verhältnismäßig früh aufgestanden, wenn man berücksichtigt, daß es Sonntag war und er am Abend davor lange im Klub gewesen war. Er wusch und rasierte sich, nahm ein Bad und setzte sich in den Salon, um Kaffee zu trinken und die Zeitungen durchzusehen. Diese ganze sonntägliche Morgenzeremonie absolvierte er mit Hingabe und besann sich durch einen Gedanken oder Zeitungsartikel dessen, was er im Schreibtisch liegengelassen hatte. Er versuchte, den Diensthabenden in der Direktion telefonisch zu erreichen, aber da die Leitung fortwährend belegt war, weil der Diensthabende gerade zu der Zeit vergeblich Hrabak anrief, kleidete er sich an, setzte sich ins Auto und fuhr in die Direktion. Der Morgen war schön, und ihm kam die Idee, einen kleinen Umweg durch die Stadt zu machen und, nachdem er seine Arbeit in der Direktion erledigt hatte, zum Košutnjak und zum Golfklub zu fahren, dort spazierenzugehen, Kaffee zu trinken und einen seiner Bekannten zu treffen.

Er besah sich die Leute, die die Straßen bevölkerten, und kam über die Terazije bis zum Kalemegdan, kehrte um zum London und fuhr durch die Knez-Miloš-Straße zum Haupteingang der Direktion. Hier fuhr er mit dem Auto auf den Bürgersteig und parkte an dem für ihn reservierten Platz. Vor der Tür erwarteten ihn der Pförtner und ein Polizist. Sie grüßten ihn feierlich, wie es auch üblich war, obgleich mit etwas überraschtem Gesichtsausdruck, wie es einem Vorübergehenden vorgekommen war, danach zu urteilen, was er später der Presse erklärte: »Wie ein Wachhabender vor der Kaserne, die ein General zu einer Zeit betritt, wo nicht einmal der Kompaniefeldwebel erwartet wird.«

In der Halle im Erdgeschoß traf er auch einige Zivilpersonen an, die Organe der SI-Abteilung und Polizisten in Zivil, dieselben, die die Aktion leiteten und die Hrabak nach erfolgter Festnahme bis zum Auto vor die Tür bringen sollten. Plećaš schien es, als seien sie verblüfft und aufgeregt, als sie ihn erblickten, als ob vor seiner Ankunft irgend etwas passiert sei. Er wollte jetzt, wo es draußen so schön war, von einem der übertrieben eifrigen Angestellten mit einem Bericht nicht aufgehalten werden. Er eilte direkt auf den Fahrstuhl zu, nachdem er ihnen am Eingang nur zugenickt hatte, fand ihn geöffnet vor, bereit, laut Plan Hrabak aufzunehmen, sobald dieser in die Direktion kommt, betrat ihn geschwind und schloß die Tür, bevor sich ihm jemand anschließen konnte. Oben war kein Mensch. Zwei Polizisten, die Hrabak auflauerten, schauten, hinter den Milchglasscheiben der Korridortür verborgen, zu. Sie erkannten Plećaš, aber da sie nicht mit dem ganzen Plan der Aktion vertraut waren, glaubten sie, daß das Eintreffen des Direktors auch mit der bevorstehenden Festnahme Hrabaks im Zusammenhang stünde, und so gelangte Plećaš ungehindert in sein Büro. Er wunderte sich, als er die Tür seines Vorzimmers geöffnet vorfand. Er schloß sie hinter sich, öffnete das Schubfach des Tisches und durchstöberte es hastig. Er konnte das Gesuchte nicht gleich finden. Da vernahm er Schritte im Korridor. Aus dem Keller, wo auch am Sonntag gearbeitet wurde, drang der unangenehme und eintönige Lärm der Bohrhämmer herauf, der hier, in der zweiten Etage, dem Summern des Wassers in den Wasserrohren glich. Da öffnete sich plötzlich die eine und dann auch die andere, die gepolsterte Tür seines Arbeitszimmers, und ins Zimmer stürzte ein verschwitzter, zerzauster Mann in Arbeitskleidung, mit riesigem Hammer oder Franzosen in der rechten Hand, der im Laufen im Vorzimmer etwas umgeworfen hatte, das auf dem Fußboden berstend aufschlug. Der Generaldirektor Plećaš fuhr in die Höhe, bereit, sich zu verteidigen, und ergriff den Stuhl hinter sich. Die Magnetophone, die an drei Stellen im Zimmer versteckt waren, nahmen jeden, auch den geringsten Laut auf.

30

Sie standen einander gegenüber und sahen sich schweigend an. Der Mann, der ins Arbeitszimmer des Direktors gestürmt war, atmete schwer wie ein Wettläufer am Ziel.

»Hrabak, Monteur und Klempner der Generaldirektion«, stellte er sich vor und las im Gesicht des Direktors wahrscheinlich Überraschung und Betroffenheit. Dieser Ausdruck muß jedoch rasch wieder der ernsten und strengen Direktorenmiene gewichen sein – so wenigstens klang Plećaš' Stimme auf dem Band.

»Ja?« sagte er. »Was möchten Sie? Weshalb treten Sie hier so einfach ein, ohne anzuklopfen und völlig unangemeldet? Ich muß jetzt schnell etwas erledigen. Melden Sie sich bei der Sekretärin und kommen Sie ein andermal!«

»Ich bin Sveta Hrabak, Genosse Direktor! Der ›Schwarze‹ oder ›Schwarz‹, wie Sie mich einmal genannt haben. Vom technischen Dienst der Parteileitung, Genosse ›Hell‹! Ich bin der, bei dem das Funkgerät versteckt war und der mit Ihnen in der befreiten Stadt an der Savebrücke war. Erinnern Sie sich?«

»Ich erinnere mich. Ich entsinne mich, jetzt, da Sie das sagen. Nur, mein Lieber, warum überfallen Sie mich deshalb im Büro, noch dazu jetzt, zu unpassender Zeit, da ich dringende Arbeiten habe? Wenn Sie etwas brauchen, können Sie sich doch ordnungsgemäß über die Sekretärin und den Sekretariatsleiter anmelden. Jeden zweiten Freitag bin ich zu sprechen. Ich würde Sie auch außer der Reihe vorlassen.«

»Ich hab mich angemeldet! Schon seit einem Monat mache ich das fast täglich, aber ich werde nicht vorgelassen! Im Korridor habe ich Sie angesprochen, zu Ihnen nach Haus bin ich gekommen, ich habe Ihnen hier im Arbeitszimmer Briefe hinterlassen, und nichts hilft – ich komme einfach nicht mit Ihnen zusammen. Ich hatte Ihnen etwas Wichtiges zu sagen.«

»Na gut, in Ordnung, mein Freund, wenn es so wichtig ist, dann kommen Sie, wenn ich von der Dienstreise zurück bin. Aber jetzt lassen Sie mich bitte meine dringende Arbeit beenden. Ich verreise heute abend, und zwar in wichtigen Staatsgeschäften. Für Ihr Anliegen ist wohl noch Zeit genug. Sie werden sich wohl noch so lange gedulden können!«

»Es hat keine Zeit!« entfuhr es Hrabak wie ein Schrei. »Es duldet keinen Aufschub mehr. Nicht einen Augenblick – vielleicht ist es auch schon zu spät! Hören Sie, was sich da unten tut?«

»Ich höre. Und was ist damit? Die Rekonstruktion des Gebäudes ist im Gang, das wissen Sie wohl auch. Was ist daran ungewöhnlich, daß Sie sich so erregen und hier herumbrüllen?«

Direktor Plećaš senkte die Stimme und wurde freundlicher, in der Absicht, den offenbar verrückten Besucher zu beschwichtigen und zu beruhigen.

»Sie waren doch mal bei der ›Handelskammer‹, als Anfang des Krieges deutsche Bomben auf das Haus fielen.«

»Ja, war ich. Na und?«

»Zwei sind explodiert und haben es stark beschädigt.«

»Ich weiß, das haben wir längst in Ordnung gebracht.«

»Aber zwei, die größten, sind im Fundament des Gebäudes liegengeblieben und sind jetzt noch dort. Das haben Sie entweder nicht gewußt oder vergessen!«

»Egal, ist unwichtig. Und was nun?«

»Wie – was nun?« Hrabak brauste auf. »Unten wühlen sie seit einem Monat mit Bohrhämmern das Fundament auf und sind jetzt schon ganz dicht zu den Bomben vorgedrungen. Gestern mindestens bis auf einen Meter. Ich hab das anhand der Pläne überprüft, die ich bei mir in der Werkstatt aufbewahre, und auch der ehemalige Ökonom Pecel hat mir das bestätigt. Sie müssen sofort aufhören, solange es noch nicht zu spät ist.«

»Mein Gott! Warum haben Sie mir denn das nicht früher gesagt?«

»Wie sollte ich es Ihnen denn sagen, wenn mich doch niemand anhören wollte! Beeilen Sie sich jetzt! Telefonieren Sie! Sie sollen aufhören, solange noch Zeit ist!«

Der Generaldirektor Plećaš hob schon den Hörer. Niemand meldete sich in der Zentrale. Er legte rasch auf. Auf dem Band waren hastige Schritte zu hören, zwei Türen schlugen zu, Leute rannten den Korridor entlang, doch all das war kaum vernehmbar bei dem Lärm, der von unten hochdrang.

Die Polizisten im Hinterhalt, die im Korridor längst auf Hrabak warteten, sahen den Direktor Plećaš wie besessen den Gang entlangrasen – offenbar, um sich vor dem Meister zu retten, der mit dem Franzosen in der Hand hinter ihm her stürzte, und wahrscheinlich versuchten sie, den Meister aufzuhalten. In der allgemeinen Panik schossen sie dreimal auf ihn, und es ist anzunehmen, daß er getroffen wurde. Diese drei Schüsse waren das Letzte, was das Band aufgezeichnet hatte. In derselben Sekunde ertönte die Explosion, die Stromzufuhr zum Bandgerät riß ab, kein Schrei war mehr zu hören.

Dazu war es auch schon zu spät.

William
Heinesen

Spektrum

Der Turm
am Ende der Welt

Roman

Die Inseln der Færøer, das Magische grandioser Natur, das feine Gespinst des Lebens – ein weises, zutiefst poetisches Erinnerungsbuch von einem der großen nordischen Erzähler.
»Heinesen zu verehren bedeutet, in einen Zauberkreis zu gelangen.« (Johan Borgen)

Aus dem Dänischen
von A. O. Schwede
»Volk-und-Welt-Spektrum« 267
220 Seiten

Jeder Band
DM 19,80

Oleg
Jermakow

Spektrum

Winter in
Afghanistan

Erzählungen

Psychologisch und emotional von beeindruckender Tiefe: Neun Erzählungen über das Trauma des Afghanistan-Krieges.
Ein aufsehenerregendes literarisches Debüt.

Aus dem Russischen
von Ganna-Maria Braungardt
und Renate Landa
»Volk-und-Welt-Spektrum« 265
216 Seiten

Jeder Band
DM 19,80

Junichiro
Tanizaki

Spektrum

Tagebuch eines alten Narren

Roman

Letzte und extreme Regungen im Leben eines Menschen. Ein Tagebuch-Roman der rigorosen Bekenntnisse, ein tragikomisches Meisterwerk von subtiler Sinnlichkeit und mitleidloser Suggestivität.

Aus dem Japanischen
von Oscar Benl
»Volk-und-Welt-Spektrum« 262
196 Seiten

Jeder Band
DM 19,80

André
Schwarz-Bart

Spektrum

Die Mulattin Solitude

Kurzroman

Die Rebellion einer Sklavin auf Guadeloupe. Ein blutig-grausames, aber auch zärtlich-poetisches Buch voller menschlicher und historischer Wahrheit.

Aus dem Französischen
von Eva und Gerhard Schewe
»Volk-und-Welt-Spektrum« 78
Neuausgabe · 152 Seiten

Jeder Band
DM 19,80